3.11後の福島

牛飼い農家の山田さんち

酒井りょう

かもがわ出版

3・11後の福島
牛飼い農家の山田さんち

酒井りょう

3・11後の福島
牛飼い農家の山田さんち

もくじ

装画　ちづこ
装幀　菅田　亮

第1部

予期しない一週間

1．いつもの朝

福島浜通りのこの辺りの丘陵地は、海からの高さがかなりあり、樹々の茂みや畑、牧場があちこちに散在しているのどかな所である。山には白い雪が残り、まぶしく輝いているが、寒そうに立っていた樹々は、すでに木の芽の準備を始めている。

モオーオ！

ウモオーオ

夜明けの静けさの中に、うっすらたちこめるもやの中から牛の鳴き声が聞こえてくる。

この地方には、あちこちに牛を飼っている人がいる。ここの山田さんちも、三代前のひいじいさんが、若かった時に、国の入植地であったこの地に移り農業を始めた。その後、今のおじいちゃんが牛も飼い始めた。

そのおじいちゃんと父親の賢一は、暗いうちから牛舎で仕事をしていて、家の中は今朝も活気があった。

玄関先で山田さんちの長男の智広(ともひろ)が一生懸命(けんめい)、自転車の後輪のタイヤに空気を入れていた。昨日は、空気が少し抜けていたらしい。帰りはお尻(しり)がごちごちして痛かったので、念を入れて空気を入れた。

「智広、早くしないともうすぐバスの時間よ」

「うん。もう終わった。じゃあ、行ってきます。今日もぼくは部活だから」

あと十分ほどしかないので、智広はバス停までの道を急いだ。舗装(ほそう)してない道路で、うしろから追いついてきたバスと、だいぶ古くなってきた自転車とは互いに競争になった。バスの運転手さんが、中学の制服を着た智広が乗っている自転車を見て、スピードをゆるめてくれたようだ。停留所までわずかに自転車の方が先に着いた。

バス停には、クラスメートの内山美佳(うちやまみか)が笑顔で立っていた。

「智広君、おはよう。今朝は遅(おそ)かったね」

「フ――。美佳、おはよう。今日は朝から手間取って遅くなった」

内山美佳は、爽(さわ)やかに声をかけてきた。肩にかかる髪(かみ)が早春の朝の風にゆれていた。美佳の第一声を聞くと智広は、今日も一日がんばろうと思う。なんというかまるごと美佳を表しているような明るい声だ。

毎朝のように、バスの一人用の座席が空いていた。そこへ美佳が座って智広は立ったまま だ。美佳に自分のカバンや荷物を持ってもらう。今は自然にこうなったが、最初はこうではなかった。

一年の時も、美佳と同じバスに乗り合わせていた。最初は、あまり意識することもなく、親しく話をすることもなかった。美佳は隣の小学校の出身で、名前も知らないし、どんな子かよく知らなかった。

ただその頃から、智広はこんな子とクラスが一緒だったら良いのになあと思った。彼はどちらかというと、人見知りをする性格だった。

でも、二年生になって同じクラスになると、二人の状況は変わっていった。

今朝も座っている美佳が、智広に話しかけた。

「昨日先生がくれた進路調査の紙、書いてきた?」

「書いてきたけど、まだ早いから現実味がないなあ。なんだか他人事(ひとごと)みたいだよ」

「来年中学三年で、次は高校だから。高校に行くと初めから各々のコースに分かれるので、今からでも別に早くないわよ」

そう言って、思案(しあん)するように美佳は窓の外の遠くの林の方を見た。しばらくして、智広を見上げた。

「私ね、将来医療関係に進もうかなあと思うの。最近、卒業したら看護師さんになれる資格のとれる大学が増えてるでしょう。社会全体の高齢化も、進んでいるし」

「お年寄りのこと考えてるの？」

「それとも私、智広君の話でお母さんに憧れて看護師さんを志望しているのかな？」

智広は、自分の母親が話の中に突然に出てきたのでどぎまぎした。その心の動きを隠すように自分の志望も言った。

「ぼくは農学部に行きたいんだ。牛飼いをしているおじいちゃんやお父さんの仕事を毎日見て考えるとね」

「だけど、この福島辺りは農業の盛んな地方なのに、農学部のある大学が少ないわね」

美佳がうなずきながら応えた。

「授業料のことを考えると、国立大をめざしたいんだ。国立なら、アルバイトと少ない仕送りでも、かつかつやれるから。奨学金が受けられれば御の字だ」

「そうね。私もこれからもう一度、考えてみるわ。そのための一回目の進路調査だから」

バスは停留所ごとに、さまざまな乗客を乗せながら街の方へ進んでいた。同じ顔ぶれが乗る変わらない風景だ。

「美佳は吹奏楽部でフルートを吹いているんだろ？」

「そうよ、どうかしたの？」

「どうしてたくさんの楽器の中から、フルートを選んだの？」

「うーん、………フルートの音って、上手な歌手でも出すことのできないような、音色が出てると思うの。だから、フルートが好きなの。音ってその人の声なの」

「ふーん。そうか」

美佳との会話は、いつもこんな具合に弾む。

母親のなぎさは智広を見送ってから、下の二人を起こしにかかった。

「さあ、哲雄もあかねも起きる時間よ。お兄ちゃんはもう学校に出かけたよ」

二人を起こしながら、自分も出かけるための身支度をしていた。

「今日は、浜ゆり園のおばあちゃんたちの集団健診よ。お母さんも準備のために大忙しなの。全項目の健診だからね」

半分は、自分に言い聞かせていた。

「哲雄、あかね、二人とも、もう起きた？」

　起こされた哲雄は、

「お母さん、今日はもう行くの？　いつもよりだいぶ早いね」

　そう言って、隣の妹のあかねをゆすって、

「おい、あかね。朝だ、朝だぞ、起きろよ」

と起こしてやった。あかねはいつものように、目をこすりながらゆっくりと起き上がった。

哲雄は窓のカーテンを勢いよく開けた。

　森の上の空には、まださまざまな色を見せた朝焼けの名残（なごり）があった。草の上にはきらめくような白銀色に輝く露（つゆ）がいっぱいだ。

　薄赤色の残った空を、山の方から浜の方に向かうたくさんのカラスの集団が、シルエットになって見える。それらは元気よく《カアー、カアー》、《カアー、カアー》と鳴き声を上げて、泳ぐように群れをなして飛んで行こうとしている。

「アッ！　あかね、お母さん。この前のカラスたちだ」

　哲雄は叫（さけ）んだ。

　一か月前、哲雄とあかねは学校の帰りに家の裏（うら）の牛舎の横で、けがをして飛べないでいた幼いカラスを見つけた。それを二人は助けて家に連れてきてやった。

　それから毎日、看護師のお母さんに聞いて、傷の手当てをしてやり、エサもやった。

「カラスのカン太郎。早くよくなれよ！　皆のいる所へ帰れるように。カラスのカーン、カーン、カン太郎！」

　先週の日曜日、カラスの傷もよくなってきて、羽をバタバタさせるようになった。そこで二人は、ねぐらに向けて放してやることにした。傷の治ったカラスは、放してやると、お礼を言うように何度も何度も、頭の上を旋回して、森の向こうへ飛んで行った。

　先に出かける母親に向かってあかねが、

「お母ちゃん、行ってらっしゃい。今日は帰ったら、編み物の続きを教えてね！」

と頼んでいた。

「いいわ。あかね、そうしようね。じゃあ、私は先に出かけますよ」

　母親の乗った車は、冷たい朝の空気の中、牛舎のおじいちゃんと夫の賢一に、プッ、プッと合図して、道路へ出た。

「おばあちゃん、この納豆って栄養があるのよねえ。でも、ねばねばだから食べにくいね」

「そう、それが良いのよ。よく噛みなさいよ」

「哲兄ちゃん、外の雪はまだまだたくさん積もっているかな？」

「たくさん残っているぞ」

「雪が多かったら、今日も運動場では思いっきり遊べないね」

おばあちゃんと三人一緒にご飯を食べながら、おしゃべりしていた。

二人は朝食をすますと、ランドセルを背負った。

「気をつけて行くのよ。お父さんとおじいちゃんに挨拶してから行きなさいよ」

母屋の裏手の牛舎にいる賢一とおじいちゃんに、哲雄とあかねは、朝の挨拶をした。賢一は笑顔で、

「二人とも気をつけて、行ってらっしゃい」

と応え、おじいちゃんは日に焼けた顔で、

「行ってらっしゃい」

と、やさしさのこぼれるような笑顔で見送った。

　哲雄とあかねは、登校グループの集合場所に急いだ。三月とはいえ、まだまだ、登校時間は寒かった。あかねは今日も外で遊ぶには、まだ寒すぎると思った。寒さを追いやるよ

うに、哲雄の真似をして毛糸の青い手袋を改めてグイッとはめ直した。

父親の賢一は牛飼い二代目になるが、高校を出る時、希望して県の農業大学校へ進学させてもらった。ここで農業と牧畜の基礎的なことを、一から学んだ。

賢一は大学校を修了する前に、看護師をめざしているなぎさと知り合った。二人は将来を誓って、それぞれの道に励んで結婚した。

現在、母牛十頭、子牛十頭飼育している。肉牛は、八〜十か月育て、その後、十八か月ほど肥育されたあと、大きな牧場に出荷される。

いつもと同じように山田さんの家にも、忙しく朝がやってきて、今日も何もなく通り過ぎて行くように見えた。けれども、それは忘れられない日々の始まりだった。

2. 家族に襲いかかった地震と津波

——三月十一日（金）地震と津波の当日

山田なぎさは看護師になった時から市民病院に勤めている。途中で山田賢一と結婚して、子どもを産んだけれど産前産後以外は休んだことはない。今ではベテランと言われるようになり、外来主任を担当している。

昼食のあと、なぎさは午前に引き続いてお年寄りたちの健康診断の対応をしていた。

それは突然だった。

ドドーン。ドス、ドス、ドス、ズシーン

ガタ、ガタ、ドドーン。ドスーン

ものすごい上方への突き上げだった。体ごと持ち上げておいて、それから、ズドンと下方への引き落としだ。今まで経験したことがない、縦横への激しい動きだ。

なぎさはじっと立っていることができなくて、思わず床の上にひざまずいてしまった。その場にいたすべての人が、自然の予告のない動きにもてあそばれた。部屋の中にあるたくさんの医療機器は、床に固定されているもの以外、動き跳ね回った。

ものが割れる音や、棚に置かれていたものが床に落ちる音、それに加えて人びとの驚きの声が合わさって、狂騒の音が響いた。

ガッチャーン。ゴロゴロ、ドスーーン

《キャーキャー、アアー、キャーアアー！》

バリバリ、ドドドーーン

《ワーキャーアアー、キャー、アアー！》

すべての音が恐怖の叫び声に聞こえる。部屋の側面に置かれていた書類ロッカーは跳ね上がるように床の上を動き回って、書類を辺りにぶちまけていた。

市民病院で、津波からの退避命令が出たのは、二時四十六分の大地震が発生した直後であった。テレビは地震についての報道と同時に、津波の到来も地震後五十分と予報した。

まもなくテレビはそれを見ていた多くの人の前で、停電とともにプツンという音をたてて消えてしまった。しかし、すぐに避難の指示は人間の大声に変わっていた。

「五十分後には大きな津波がきます。みなさん、高い所へ避難してください！」

「とにかく、高い所へ避難してください！」

地震が来たその一瞬だけ、なぎさも自分の三人の子どものことに頭がいった。でも、自分のまわりにいるお年寄りたちを避難させることが緊急に必要だと思った。それは、なぎさの本能的な使命感だった。

どの揺れが本震だと区別できないほどに次から次へ余震が襲ってきた。これだけの大きな地震が来ると、福島の浜通りでは津波が来る恐れは、常識的に人びとの頭にあった。

外来主任のなぎさは、看護師長から健診に来ていたお年寄りの避難の誘導(ゆうどう)を指示され、即座(そくざ)に引き受けた。とにかく、元気よく歩けるお年寄りに先頭に立ってもらい、先頭の人には必ず団体で歩くように頼んだ。

津波が来るまでの時間を頭に置いて、残りの時間を計算しながら歩いた。

「山田さん、どこまで歩くの?」

「あの丘の所までよ。急いでね」

以前から、病院の緊急避難先は希望が丘と決められていた。

「あんな高い所まで行くの?」

歩きながらも、ブツブツ言ってる年寄りたちを励ましながら歩いた。

なぎさに全部任せることはなく、看護師長も避難に加わって先頭を歩いていた。

「師長さん、車を出してくれたらいいのに」

「運転する人がいないよ。それに道路はもう車が走れないよ。信号も動いてないから」

「師長さん。あんな所まで私らの足で行けるかねえ?」

「すぐよ。がんばって行こうね。命がかかっているんだから。元気を出して歩こう」

師長さんも年寄りを扱うのは慣(な)れていた。

車に乗り慣れたお年寄りたちには、おぼつかない自分の足で歩くことはむずかしいことだった。

「山田さん。もう歩けないよ。私は、ここに残してもらっていいから、先に行って」

「そんなこと言えるのなら歩きましょう」

「もうダメ。あんたのことは恨(うら)まないから。先に行ってくれていいよ」

「花さん。あそこまでよ。あそこまで行くと大丈夫よ。手をつなごう」

普段の茶飲み友だちだろうか？　前方から声がかかった。

「歩け、歩け。昔は、どこでも歩いて行ったじゃない」

命の瀬戸際(せとぎわ)になるかもしれない、津波が来るというのに、そのおばあさんは楽天家(らくてんか)なのか気丈(きじょう)だった。

「町まで映画を見に行ったじゃない。あんたも元気に歩いてたよ。あの頃みたいに歩こう」

「えっ、いつのこと？　わたしゃ、もうダメだ」

なぎさも看護師長も、全員が無事に避難できるかを内心案じていた。

賢一は、母屋に帰って昼休みに続いて、農協に出す書類を整理していた。部屋の中のタンスや建具が、最初、

ガタ、ガタ、ガタ

ガタ、ガタ、ガタ、ガタ

という音を伴って動き回るようすを見て何が起きたのか分からなかった。

これが地震だということが分かるまでにはしばらく時間がかかった。しかしそれは、《ドスーン》という大きな音とともに来た、非常に大きな地震の襲来だった。

ガタ、ガタ、ガタ、ガタ

ガタ、ガタ、ドドーン。ドスーン

「じいちゃん、ばあちゃん、地震だ地震だ！　大きなやつだ！　こりゃ、立っておれない！　二人とも何かにすがってくれよ、倒れるもののそばはだめだぞ！　……二人とも大丈夫か？　牛舎は大丈夫だろうか？」

つけっぱなしにしていたテレビは、真っ暗な画面になっていた。

「賢一、わしもばあさんも大丈夫だ。それより、ベコたちがビックリしとるぞ。あれ、また揺れるぞ」

「おじいちゃん、こりゃ相当に大きいな。揺れが収まったらベコたちを見に行かんと。立っておれないぞ。子どもたちは三人とも無事かなあ」

「あれ、また揺れてる。賢一、こりゃずいぶん大きいな」

部屋の中だけでなく、台所もいろいろな道具や器具が床に落ちて音を立てている。

ドス、ドスン、バリン、バリバリバリ
倒れたかけた台所の食器棚から、中の皿やお茶碗などが落ちて割れている。

「あれえー！　あかねも哲雄も、お兄ちゃんもびっくりしてるだろう。地震で校舎の下敷きになったりしてないだろうね」

おばあちゃんは、朝元気に出かけて行った、小さな子どもたちの安否を気遣った。

それを聞いていて、賢一も妻のなぎさのことを一瞬思った。

(市民病院は大丈夫だろう。しっかりした建物だからな。それになぎさはしっかりしてる女性だから)

賢一とおじいちゃんは、いつまでも余震が続く中を、牛舎を見に出かけた。牛舎と言っても名ばかりで立派なものではない。おじいちゃんと賢一が一頭ずつ牛を増やすたびに、自分たちの手で小屋を建て増したものだ。

遠くから見かけただけで、屋根は傾いて柱からずれ落ちていた。柱は折れているのもあって、屋根が牛の背中にのしかかりそうになっていた。朝片付けておいた道具類も散乱していた。牛舎の床には大きな亀裂が走り、地震のエネルギーの大きさを語っていた。

牛たちは経験したことのない、地震の大きな揺れと動きに対して、どうしたらいいのか分からないまま、隅の方に寄り集まっていた。反対側には、大声をあげながら右往左往している牛もいた。

その中でも元気のいい若い牛は、気丈に足を踏ん張るような姿勢をしていた。大きな乳牛ほど、普段見るどっしりとしたようすとは違って、落ち着きをなくしていた。

おじいちゃんと賢一の姿を見かけると牛たちは、揺れがいかに怖かったかを訴えるかのように、甘えているようなしぐさを見せたり、大きな鳴き声を何度も上げながら、二人に身をすり寄せてきた。


哲雄とあかねは、家の近くまで帰ってきていたが普通には歩けなかった。

ようやく帰り着いた家では、牛舎は屋根が壊れ、柱が傾いていた。庭先や畑の大きな地割れも、異常なことを感じさせた。

一昨年に建て替えたばかりの母屋の外見はしっかりとしていた。

「お父さん、おじいちゃん、おばあちゃん、みんな、お家にいるの？　何ともない？」

哲雄とあかねは家にいるはずの三人の名前をたて続けに呼んだ。

哲雄はガタガタになって動きにくくなっている玄関戸を、力を込めて無理やり開けた。

一歩中へ足を踏み入れると、それは普段見ていた家の中とはまるで違っていた。玄関に置いてあったものが散乱し、壁(かべ)から落ち、花びんは割れていた。あかねは散らかったようすを見て泣き出した。

「泣くな、あかね。泣いたらだめだ」

哲雄の声を聞きつけて、おばあちゃんは玄関の方へ出てきた。

「哲雄とあかねか、おまえたち地震で何ともなかったか？　けがはしてないか？」

「おばあちゃん！　ぼくら、もうすぐ家に着く頃だったんだ。道路の上だから、地面にひびが入って割れてしまって、怖かったよ」

「そうか、そうか。それは怖かったな。無事で何よりだったねえ」

おばあちゃんはほっとしたようだった。それから、

「ガラスや陶器(とうき)の割れた物には気をつけるんだよ」

おばあちゃんは二人のいつも通りの姿を見て、自分にも元気が出たようだった。相変わらず、小さな余震はひっきりなしだ。

智広は中学に入ってテニス部に入部してから二年目になるが、部活を休んだことは一度もなかった。腕の方は正選手になるにはあと一歩だ。小さい頃から運動神経が人一倍いいわけではなかった。しかし、この前の部内の持久走大会では、先輩たちも抜き去って走った。智広は正選手をめざしてコツコツと努力するのが、自分には合っていると思っている。

今日も英語の時間の終わった昼休みに、横の席の美佳に言われた。

「智広君、宿題をちゃんとやってきたのね。感心するわ」

「宿題をやってくるのは当たり前だろ」

「でも、やってこない人が多いからね。私もやっとできたのよ。危ないところだったわ」

「ぼくは、親に似て真面目なのだろうなあ」

「そんな親を持つなんて、幸せよ」

昼休みに見せた美佳の笑顔を思い出しながら、智広は練習着に着替えた。テニスのラケットを小脇に抱えて、テニスコートに急ごうとしたその時だ。

ドドド、ドドドドーン、ドドドーン

ドドーン、カタ、カタ、カタ、カタ

天地が揺れ動いた。誰かが悪さをしているように、足元をすくわれる感じがした。運動場に出ていた者は、立っておれないように感じたのであろう。みんなうずくまった。

やがて、校舎の方から誰かが、

「地震だ、地震だ。津波警報が出たぞ。避難の方向は鹿島山だ」

と興奮気味に叫ぶ声が聞こえてきた。とっさに智広は、美佳のことを思った。吹奏楽部も、当然避難し始めてるだろう。美佳たちも鹿島山の高い方へ避難するだろう。もう避難し始めてるかな？

（美佳は体育も得意だから、きっと皆と走って避難してるだろう。美佳、走れよ！）

あとの方は、美佳に対して半分、自分に対して半分言うようにつぶやいた。智広はクラブの皆が駆け出しているのを、追っかけた。体が走ることに十分慣れた頃に、家族みんなのことを案じた。山田さんの家族をそれぞれの場所で襲った大地震だった。

3．安否の分からない母

地震で大きな揺れが来てしばらくたってから、賢一は妻のなぎさの携帯電話の番号を押した。

（携帯電話も、不通なのか）

賢一は手を動かしながら自問した。しばらくしてから、心の中で繰り返していた内容をおじいちゃんに向かって言った。

「おじいちゃん、津波の高さはどのくらいだったのかな。なぎさの携帯電話は、全く何も言わないで黙ったままだ。市民病院は、地震には耐えていると思うけど。津波に対してはどうだったかな。……津波の大きさによって影響は違うけども」

「うーーん」

おじいちゃんも同じように心配しているのか、押し黙ったままだ。

「地震の大きさからすると、津波も相当大きかったのではないかな？　想像するに、町の電気もガスも止まり、電話も通じてないようだ」

賢一は意を決して言ってみた。

「市民病院の避難先は希望が丘だから、その辺だけでも見てこようと思うけど」

「うん、それはいいと思うけど。でも、智広もまだ帰ってきてないし。……それに、もう四時半だろう、暗くなってくるぞ」


その時、倒れた生け垣を回ってくる智広の自転車の音が聞こえた。

「智広君か？」

「うん」

「無事だったか？　おまえの学校は高台にあるから安心していた。町のようすはどうだ？」

「津波にやられて無茶苦茶(むちゃくちゃ)だ。それに、港のガソリンタンクから火が出て、あの辺りは大きな火災になってる」

「おまえ、そんな中、無事に帰れたな。お母さんだけまだ連絡が取れてないんだ。お母さんも電話ぐらいくれてもいいんだけどな」

賢一は息子に家族で一人この場にいないお母さんのことを訴えた。智広は急いで帰ってきたままなので荒い息を続けていた。

「お母さんだって、『無事だ』と安否だけでも知らせたいと思うよ」

智広は息をついてから言った。

「でも不通なんだよ。家の電話も、携帯電話も、水道も、電気も全部だめだよ」

「安否だけでも、分かるといいんだ」

「もう薄暗くなってきてるから、危なくて歩けないよ」

「そうか」

智広は、落ち着いた声で言った。

「今からできることはほとんど限られてるよ」

「おまえもそう思うか？」

「町は信号も壊れているし、大体、道路は車が走れる状態じゃないからね。町へ出かけるのなら明日の朝一番で、歩いて出かけた方がいいと思うよ」

「そうか、それならそうしようか」

賢一は毎日町へ出ている智広の意見は頼もしく、自分よりもまっとうな判断だと思った。

「お母さんのこと心配だから、ぼくも一緒に行くよ」

智広の意見に、おじいちゃんも賛同した。

「賢一、わしもそう思うよ。それに、なぎさだって看護師さんだから、いざという時には、理性的に動ける人だよ。今夜は、なぎさの無事を祈っておいて、動くのは明日にしたらどうかね」

賢一は、おじいちゃんが言う通りにしようと思った。


夜の食事は、ローソクの明かりの下で、調理しなくても口に入れることができるものだけだ。そんな食事と言えないような食事にも、哲雄もあかねも不満をもらさなかった。ただあかねだけは、母親がまだ帰ってないので、食も進まず落ち着かないようすだ。

余震が恐いので、子ども部屋をみんなで片付け、起きている間だけストーブで暖めた。そして防寒着を重ねて、その上から毛布をかぶって、寝ることにした。

部屋のローソクの明かりを消すと、真っ暗になった部屋の中で、あかねが声を押し殺したようにして、

「お母ちゃん。どこへ行ったの？」

としゃくりあげた。おばあちゃんが、

「よし、よし、よし。いい子だ、いい子だ。あかねはいい子だよ」

背中をさすってやっているのが、みんなによく分かった。

「津波から避難している人は、みんな寒かろうになあ。外は粉雪が舞っているんだもの。お母ちゃんも寒い中をがんばってるんだからね、あかねも泣いたらダメだよ」

あかねもおばあちゃんの言うことに応えるように、やがて寝息を立てだした。

――三月十二日(土) 地震のあった翌日

昨夜はうとうとしただけで、夜明け前から全員が目を覚ました。
あんな大きな地震と津波が襲って地獄(じごく)のようすを見せる地上と異なり、天空だけは昨日までと変わらない夜明けだ。
薄暗さの残っている森の樹々のシルエットの上を、早起きのカラスたちが、
カア、カア、カア
と鳴き叫んでいた。しばらくすると、かたまって浜の方へ飛んでいった。
賢一はいつもなら起きると、朝ご飯前に牛小屋へ行く。でも、今朝の牛たちの世話は、おじいちゃんが一人で引き受けてやってくれることになった。牛たちの精神的な動揺(どうよう)をな

くすためにも、何時ものように二人で世話をしてやりたかった。でも、牛たちのことより、行方が分からなくて連絡のない、なぎさを探しに行くことが大切だと、おじいちゃんも思った。

智広と一緒に行けば、いろいろと相談もできるので連れて行くことにした。食べられるものは服のポケットと小さなリュックに詰めて、両手を空けておいて、二人は家を出た。

道路には電柱や電線、電話線や生け垣など、普段は道路と関係のないものが、交通の邪魔をしていた。目的地までは、とにかく障害物を避けて歩くしか方法がなかった。

賢一はまず、市民病院から避難場所の希望が丘までとしたら、直線でどの辺りを通るかを考えた。

津波が来るまでに、お年寄りたちが逃げおおせていたら、全員が無事だったはずだ。だが、もし希望が丘まで避難できていなかったとしたら……。津波の高さはどれくらいまで押し寄せたのだろうか。これは、賢一にとって一番の心配事だった。

賢一は、最初に、なぎさたちと市民病院の患者たちが目的とした希望が丘へ実際に行ってみた。この丘に避難した人たちが、昨夜どこへ泊まったかを聞いてまわろうと思った。けれども、昨日ここに避難した関係者たちはいなかった。

二人は、希望が丘から下って浜の方の市民病院へ歩き出した。津波がどれくらいの高さであったかは、濁水(だくすい)が押し寄せた跡形(あとかた)が残っているので、二人にははっきりと分かった。津波の跡形は、二人が思っていたよりもずっと高かった。それを見て、二人の口数が急に少なくなったが、わき出てくる不安を否定するように智広が口をきいた。

「街中は相当高い所まで、津波がきたんだ。津波に運ばれたものでいっぱいだ」

賢一も苦しそうにうなずいた。

「昨日、今日は老人健診の日だと言ってたよ。だから、お母さんはきっとお年寄りと一緒に避難したんだよ」

「なぎさは看護師だから。患者さんを放っておいて逃げることはできないからな。津波の日に限り、老人健診の日だったとは」

言葉のあとの方は、自分に言い聞かせているようにつぶやいた。

「この建物は三階建てだよ。避難場所になっているかも。前から見てみようか」

建物の前へまわった智広が、首を振りながら賢一に伝えた。

「だめだ、お父さん。これはただのアパートのようだよ。それにこのアパートの二階まで濁水が来た跡があるよ」

「二階までか！　そうか」

賢一は津波の高さを知って愕然とした。

津波が運んできた泥でいっぱいのひっくり返った自動車や、裏返ったスーパーの大看板が、工事現場の廃品置き場のように、道路上に散乱している。辺りの大きな頑丈そうな建物を見ながら、二人は歩いた。

「この建物は大きいよ。やったー、お父さん。これは、市の建物だよ。市役所の支所の会館だよ」

智広は、この会館を見て元気づいたようだ。

「これは四階建てだ。ここは市民病院から途中で避難できる絶好の所だよ」

賢一もひと目見てこれだと思った。

「智広君、入ってみよう」

それは市が造ったらしく、しっかりとした公共の建物のようだった。

中で声高にしゃべっている人が数人いた。そこは二階の広間のようになっている所だった。

賢一と智広は、そこで恐ろしい事実を知った。

「俺のおふくろも、ここまで避難して、横になっていたらしい。けれどもダメだった。一緒に避難してた隣のおばさんが言ってた」

もう一人の人が相槌を打った。

「津波は引き波が一番怖いらしいからなあ。マットの上に寝ていた人なんか、ひとたまりもなかったんだよ」

「津波が来たらここへ逃げ込めと、市役所が言ってたんだよ。その市の予想を超えた地震と津波だったってことだな」

最初のおふくろのことを話してた人が、怒りをぶちまけるように言った。

「この会館で、津波にやられて亡くなった人は百人を超えるらしい。百人以上もの犠牲だって……。そんなことあってたまるか」

「市民病院の健診のお年寄りも、ここで犠牲になった人は何人もいたらしいぞ」

賢一と智広は、その話を横から聞いていて、立っていられないようなショックを受けた。

壁には大きくあわてて書かれたような貼り紙があった。

《津波から高台へ逃げきれなくて、当会館に避難されて、犠牲になられたかたのご遺体は、一階奥の別館に安置しています　会館長》

という通知の文書に導かれるようにして、賢一と智広は別館の方に足を向けた。

（お母さん！　元気でいてよ！　ぼくらのために！　お母さん！）

（なぎさ！　生きていてくれ。頼む）

二人とも、声にならない声で、なぎさに呼びかけていた。

別館には、津波の犠牲になったご遺体が安置されていた。けれども、津波が来てから、まだ、丸々二十四時間経過しているわけでもないので、身元を示す名札はなかった。どの遺体も変わり果てていた。苦悶の形相というよりも、不意をつかれたような死の表情を示していた。この場に、二人が探している母親の山田なぎさの姿はあるのだろうか？

市民病院の関係者らしい人が、数人の人を相手に大きな声で話しているのが、二人に聞こえてきた。

「私たち市民病院も関係者の安否確認が一番ですが、現在のところ調査不可能です」

その人は一睡もしてないみたいだった。

「申し訳ありませんが、ご自分でお探しになってください」

智広と賢一は、市民病院関係者の訴えを耳にしながら、並べてある遺体を次から次へと見てまわった。

智広は可愛がって育ててくれた母親のなぎさのことを、思い浮かべ足が進まない。

つい二年ばかり前に、お母さんは小学校の卒業式に列席してくれたばかりだ。そして、一か月後中学校の入学式にも来てくれた。その帰り道にお母さんは、

「今日はうれしさ半分、さびしさ半分だわ」

と言った。

「今日がうれしいというのは分かるけど、さびしいのが半分というのは、どういうこと」

とたずねると、

「ヨチヨチと歩いて、草を食べてる赤ちゃん牛を追っかけてね、しっぽを引っ張って、困らせていた智広君だったのよ。

それがこの頃は、休みの日には、おじいちゃんとお父さんの手伝いを申し出るようになった、頼りがいのあるお兄さんに成長してるんだからね。もうお母さんがおんぶされそうだわね」

（お母さん。このご遺体の中にはいないで。ぼくがもっと大きくなっておとなになるまで、元気でいてくれないと）

しばらく、智広はのろのろと遺体をのぞき込んでいたが、突然、押し殺したような声を

出して賢一の方に叫んだ。

「お母さんだ！　……」

驚いて賢一は智広の方を見た。

「お父さん、この人、お母さんだよ！　……この人、お母さんだ！　……」

賢一は、智広の呼んでいる遺体のそばまで行こうとした。けれど、ショックを受けた賢一の足は鉄のかせをはめられたようで、体が思うようには前に進まなくなっていた。

（なぎさは、ぼくが牛飼いだと知って、興味を持ってよく家にきてたな。牛を見るためだといって……。牛に近づき過ぎて、顔をなめられて飛び上がっていた。子ども好きで、智広、哲雄、あかねの三人の母親であるなぎさが、家族の誰にも別れの言葉を告げることなしに……）

無理矢理足を動かして、智広の言うそばまで進んだ。

「智広君。この人か？　この人がお母さんか？　なぎさか？」

賢一はそうたずねながら、息もできない感じだった。十五年連れ添ったなぎさが……。

まるで生きているなぎさに、初めて語りかけた時のように、

「なぎ……」

そのご遺体は、茶色のズボンと紫色の防寒着を着ておられた。賢一は、その姿をひと目見ただけで、

（ああ、違う、間違いだ！　このかたは、なぎさではない！）

およそなぎさの色彩感覚と違っていた。

「智広、違うぞ！　お母さんではないぞ」

「ええー。違う……？」

智広は何とも言えない表情を見せた。

「ぼく、若い人だったからお母さんだと勘違いしてしまったんだ」

智広は、ほっとした顔をした。彼が、母親を見間違えたのも仕方がなかった。横に寝かされて目を閉じているご遺体を明確に判別することは、誰にとっても困難な状況だった。

その時、部屋の中の誰かが、大きな声でまわりの人にしゃべっているのが聞こえた。

「昨夜、地震の五時間後には、福島原発の一号機の半径三キロの住民に、それから一時間後には、半径十キロに該当する住民に対して、家の中に待機するように指示が出たらしいぞ……」

「本当に？」

　その時、賢一も智広も、

「福島原発が……」

という言葉を小耳にはさんだが、大したことはないだろうと考えた。何キロかと意識したことはないが、原発は賢一たちの牧場からはずっと遠くだったからだ。

　賢一はこの会館になぎさがいなかったら、今日は帰ろうと内心思っていた。変わり果てた姿のかたわらで動かない家族がいる。賢一はなぎさの行方がわからないこの状況に耐えられなかった。最後の遺体が、なぎさではなかったことを確認すると、智広が言った。

「お父さん、この会館にはお母さんはいなかったね。ぼくちょっとだけ安心した。他のご遺体をお母さんと間違えた失敗はしたけど」

　賢一は考えていたことを言った。

「日が暮れるのは早いから、ここまでにしておいて今日は帰ろう」

「そうしよう。ぼくもそう思ったんだ。さっき原発のことをしゃべっていた人がいたでしょう。屋内避難とか、待機とか」

「屋内避難というと、外へ出たら何か危険なものがあるから、家の内にいてくださいということだろう」

「そうだと思うけど。テレビも電話も通じずに、ぼくらはどうやって、そのことを確認できるのかな。お母さんのこともまだ分からないのに」

「とにかく、今日のところはこれまでにして、暗くなるまでに家に帰ろう」

なぎさの居所、消息が不明のまま、地震と津波後のあわただしい一日が過ぎた。そして遠くの原発付近の屋内避難のニュースが、うわさという形で偶然にもたらされた。

それは山田さんちにとっても、運命を決める重大なニュースであった。

4．母を探して——原発の爆発か

——三月十三日（日）地震から三日目

朝、賢一は哲雄とあかねに、おじいちゃんとおばあちゃんの手伝いをするように頼んだ。

「お父ちゃん、智広兄ちゃん。早くお母ちゃんを探してきてね。あかね、じっと我慢(がまん)して待ってるからね」

小さい二人は、健気（けなげ）にもそれぞれのできる範囲で異常事態を理解していた。
朝明ける頃までには街まで行きたいので、まだ薄暗いうちから賢一と智広は家を出た。前日の市役所の支所の会館にある遺体の安置場所を、もう一度見ておくことにした。この会館は市の広報に指定されていた所だ。市民病院が、歩くことに多少の支障（ししょう）のある患者さんらをここに避難させたことは、誰も非難できない。それだけ、地震と津波の規模が、市の想定よりも大規模であったということだ。それらのことも考えて、賢一と智広はここをもう一度念を入れて、捜索することにした。昨日見たここの別室の遺体安置所へ急いだ。朝早いということで、まだここを訪れている人たちの姿は少ない。

　途中で、貼り紙が、昨日より増えているかどうかをざっと見た。しかし、ほとんど変わらないようだ。最後のご遺体を見終わって、智広はやっと声が出た。

「お母さんはここへ来たかどうかは分からないけど、ここで犠牲にならなかったのはたしかだね、お父さん」

　賢一も智広にほっとした顔を見せた。

「智広君。これから、市民病院まで行ってみよう。病院には、関係者は必ずいると思うし、新しく何かが分かるよ」

「そうだね。市民病院の関係者なら、残りの健診の患者さん、病院関係者のことも分かるだろう。じゃあお父さん、急ごう」

市民病院は、津波の襲来で見るも無残に荒れ果てていた。とくに、一階は襲ってきた濁水で何も残っていなかった。津波によって、窓という窓のガラスは破られ、建物の中まで何台もの自動車が、泥と一緒に流れ込んで引っくり返っていた。

二階に行くと、たくさんの貼り紙があった。今さっき見てきた、支所の会館の二階で犠牲になった人数も報告されていた。当然、そこには個別の名前が書いてあるわけではなかった。それだけの余裕はまだないと考えられた。

その次の貼り紙には、

《三月十一日の健診の来訪者で、希望が丘まで避難できた人は、約三十名であった。十一日の夜は、希望が丘の上で野宿（のじゅく）するには気温が低すぎたので、夜中までかかって、隣村の山野辺（やまのべ）農業高校の体育館に歩いて避難した》とあった。

この貼り紙を読んで賢一と智広は、これはなぎさにとってのいいニュースだと思った。

「お父さん。お母さんは、隣村の体育館に避難した人たちに、付き添っているんだよ。

きっと、そうだよ。お年寄りが夜中までかかって隣村まで歩いて避難したから、調子の悪くなった人も出てるよ」

「そうだろうなあ。連絡を取りたくても電話も通じないし、お母さん個人の力ではどうしようもないんだからなあ」

その他の貼り紙を見ていたら、病院の人たちが声高に話しているのが聞こえた。

「もっと恐ろしいことだぞ。昨日の三時過ぎに、原発の一号機が爆発したらしいぞ」

「エエッー。昨日？　爆発したって。原発って爆発するのか？」

その人は信じられないという顔をして、

「原発って爆発なんかしない、安全なものではないのか？」

と、逆にたずねていた。

「原発の半径二十キロ内は避難しないとダメらしい……」

「そんな、どうしたらいいんだ？」

「原発から避難しろといっても………。地震と津波で道路は車が走れる状態ではないぞ。それなのに、どうやって避難するんだ」

「この辺りはどうなんだ……」

「今まで原発は安全です、五重の安全装置に守られていますと、繰り返し言ってたぞ」

智広は近くに原発があることは知っていた。東京に電力を供給しているのだと、親が原発に勤めている級友が自慢していた。この原発が爆発したってどういうことだ。

「とにかく、この辺りは原発の影響はないのかだけを、さっきの病院の人たちに聞いてから家に帰ろう」

賢一は智広に言った。

同僚(どうりょう)に話していたドクターらしい人に、

「原発の爆発ってこの辺りは大丈夫なのですか?」

ということだけ聞いた。すると、

「まあ、この辺までは福島原発から、距離が三、四十キロぐらいあるから、大丈夫でしょう。ぼくらも専門家じゃないから詳しいことは分かりませんけど」

という返事だったので、とりあえず安心することにした。

先ほどの貼り紙にあった、健診で希望が丘まで避難できた者は、隣村の山野辺高校体育館へ避難したことを知って、二人は明るいうちに帰ることにした。

この時、原発が爆発したから避難しろというニュースは、自分たちには関わりのない話だった。家族のなぎさのことだけが心配だった。

5. 原発の二基目が爆発したらしい

——三月十四日（月）地震から四日目

大地震と津波の襲来から、連絡の取れないままのなぎさを探し求めて、賢一と智広は二日間を費(つい)やしてしまった。

とにかく、なぎさがどこでどうしているかは、少なくとも携帯電話か何か、連絡手段が復旧するのが先決だと考えた。

おじいちゃんが賢一に、

「牛舎のことは俺が一人でやるから、おまえは智広に手伝ってもらって、家の中を住めるように片付けろ」

と言ってくれた。智広は家の片付けに専念することにした。

この日は最初に、台所の倒れかけた食器棚を直したり、タンスがゆがんで立っているのを直したり、大きな家具の立ち位置を直すのに力を入れた。

賢一も智広も、気がかりななぎさのことを振り払うように、家の中の片付けに精を出した。

今日は哲雄もあかねも、お父ちゃんと智広兄ちゃんが、家の中で働いているのでその点ではずっと落ち着いていた。小さい二人はおばあちゃんを手伝って、みんながご飯を食べられるようにがんばっている。

あかねは、片付けに精を出している父親の側にきて、

「お父ちゃん。お母ちゃんはどこにもいないの？　お兄ちゃんと二人で、昨日もおとついも一生懸命探していたのに」

賢一は、真剣にあかねに向き合った。

「あかね、お父さんやお兄ちゃんが探すと言っても、病院へ電話してたずねるとか、お母さんの携帯にかけるとかできないんだよ。

お母ちゃんの方から、電話をかけてくることもできないんだよ。どちらの電話も故障してるからね」

「それなら、お母ちゃんも私たちのように歩いてでも、帰ってきたらいいのに。それだっ

たらできるでしょう」

小さい子どもらしい言い分だった。

「あかねちゃん。もし、病気のお年寄りが避難所にいたら、お母ちゃんがその人をほったらかしにしては帰れないでしょう。お母ちゃんは病院の看護師さんだからね。そのことはあかねちゃんもよく知っているね」

あかねは不満の気持ちを顔いっぱいに出していた。

賢一は、母親と会えないでもう四日目が来ているあかねの気持ちをよく分かっていた。

「お母ちゃんは看護師さんだからね。あかねちゃん、もう少しの辛抱（しんぼう）だよ」

「だって、あかねだってさびしいもの。でも、泣かないで我慢してるよ」

小さいとはいえ、母親の職業をある程度理解しているあかねは、しぶしぶだがそう叫んでいた。

十一時頃、遠く福島原発の方角で、

「ドドーーン」

という音とともに、赤い炎と黒い煙が高く立ち昇っているのが見えた。

たまたま、賢一と一緒に部屋から大きなごみを庭先に出していた智広は、音と同時に立ち上がる煙のようなものを目にした。それは高さ千メートルぐらいもあった。

「お父さん。戦争映画みたいだ」

おじいちゃんも、仕事の手をとめて母屋まで走ってきた。

「賢一！　智広！　今の大きな音と赤い炎や黒煙はなんだ？　あれは福島原発の方だぞ」

はるか遠くに高くまで昇る煙を見ながら、賢一と智広は昨日市民病院の二階で、ドクターらしい人から聞いた話を思い出した。

「この辺りは、原発から三、四十キロくらい離れているから、まあ大丈夫でしょう」

という話を、おじいちゃんにも伝えるしか他にできることがなかった。

原発に関しては、ことの次第を判断するものを彼らは何も持っていなかった。ただ、大きな不安だけが、津波が来てからずっと心をおおっていた。あの爆発は何だろう。どうして、近くにいるのに何の情報もないのだろう。

――三月十五日（火）地震から五日目

午後からポツリ、ポツリと降ったりやんだりする天気だった。その中を、賢一の牛飼い仲間の田中さんが息せき切って訪ねてきた。

「山田君、何とも大きな地震だったな。地震のせいで津波も大きかったらしいけど。君の家でも心配してるだろうから、このことはぜひとも早く知らせた方がよかろう。そう思ったので知らせに来たんだ」

田中さんは、荒い息をしていた。賢一は隣の牧場の友人が来たので、何事が起きたのだろうと思った。

「地震と津波の日に、俺の親父は市民病院に健診に行ってたんだ。ちょうど終わって帰ろうとしてた時に、あの地震があってすぐに津波が予報されたんだ」

「あんたの親父さんも、あの日に市民病院に行ってたのか？」

賢一は、偶然の一致に驚いた。

「そうなんだ。健診に来ていた老人たちもすぐに、避難しなければならなかった。避難する人たちには、師長さんとここのなぎささんが付き添っていたんだ」

賢一が、津波以来初めて耳にする、病院の実際の避難のようすだった。

「けど、歩くのが困難な人は、みんな師長さんに連れられて市民会館に入ったんだ」

歩くことに支障のあるお年寄りにとって、あの会館に逃げ込むことは、当然だった。

「でも全員が避難するには、あの会館は狭すぎたんだ。まだ、歩ける者は希望が丘まで歩いてくれと、病院関係者のなぎささんが言って、自分も一番最後を歩いていたんだ」

途中から賢一の横で、智広は田中さんの話を聞いていた。

「お父さん、お母さんはやっぱりお母さんだね。根性（こんじょう）あるなあ」

田中さんは、以上の話に次のことを付け加えた。

希望が丘まで避難ができたお年寄りたちも、その場所で野宿することは困難だったから、山手の山野辺高校の体育館に緊急避難した。

夜の行進にくたびれたお年寄りの中にはその後、体調をくずした人が何人か出ただろう。

看護師で避難の引率者になったなぎささには、新しく仕事ができたと。

あの地震のあと、津波からの避難のなかで、なぎさが何度、智広や哲雄、あかねのことを思い出したことだろう。病人の処置が済んで、ほっと一息つける時には、ひと声だけでも、

「お母さんは元気でいるからね」

と伝えたいとどれだけ思ったことか。

なぎさのその思いは、旧知の牛飼いの田中さんのおじいさんが歩いて家に戻り、こうしてせがれの田中さんが代わって伝えてくれた。

賢一と智広は、地震と津波から五日目にようやく、なぎさの無事を確認できた。

田中さんが帰って行ったあとで、賢一は小さいあかねと哲雄とおじいちゃん、おばあちゃんに、なぎさが隣村の高校の避難所で、元気に看護師として、働いていることを話した。

その後、おじいちゃんと賢一は、次の日に避難所で働くなぎさのようすを智広と父で見に行くことを相談した。避難している人たちはまだまだ多くて、なぎさの仕事がたくさんあるので帰れないことも考えた。

賢一も智広も車で行きたかった。けれど、隣村への道路が大地震で受けた被害の状況が、二人には全く分からなかった。まさかの場合、自転車なら自分たちだけで担いで行けばいいと考えた。

——三月十六日（水）地震から六日目

朝六時、智広は、これからお母ちゃんに会ってくるよと、小さい弟妹に話した。元気に手を振る二人に、智広は同じように手を振った。

行きがけに、昨日、わざわざ家まで知らせに来てくれた田中さんの家に寄って、田中さんとおじいさんに会ってお礼を言った。そして、今から隣の村の高校の体育館まで行くところだと伝えた。

二人を乗せた自転車は、制限重量ギリギリなのだろう。ギシギシ、キリキリ雑音（ざつおん）をたてながら、それでも二人を乗せて、歩いて行くよりは早いスピードで進んだ。

「なあ、智広君！」

「何、お父さん？」

「もし今日、お母さんが帰れそうなら、ぼくがお母さんをうしろに乗せるから、自転車の横を走ってくれよ」

「うん、いいよ。お母さんが帰るのは明るい間がいいね」

「そうだね。帰れるといいんだがな……。あかねや哲雄のためにもなあ」

こんなふうに自転車のうしろになぎささを乗せて帰るというのは、賢一の願望だった。智広も、市民病院からも応援の医者や看護師がたくさん来ていればいいのにと考えた。

6．お母さん、五日ぶりに帰る

（今日は三月十六日か！　あの大地震と大津波から、まだ五日たっただけか。何だか何年も過ぎたようだな！）

智広は自転車のうしろでそう思った。

賢一は、なぎさが勤務先からの避難だから、帰れないかもしれないと思った。しかし、もしそうであったとしても、機械ではないのだから、今日ぐらいは一度帰って、布団の上でゆっくりと休ませてやりたいと考えた。

　ギシギシ、キリキリ。ギシギシ、キリキリ。

荷重いっぱいまで乗せている自転車の悲鳴のような軋（きし）み音が、疲れているなぎさの心臓の音のような気がした。

「学校が見えてきたよ！」

「あれが山野辺農業高校だ！」

「お母さん、本当にいるんだろうな。田中さんのおじいさんが、お母さんはここにいると教えてくれたんだけど」

「田中さんのおじいさんは、何も食べずに歩いて帰ってきたんだ。そして、田中さんが自転車で、教えに来てくれたんだよ」

「分かってるよ。でも、ぼくお母さんを実際にこの目で見るまでは信じられないよ」

智広は、お母さんと何か月も会ってないような気がした。

「ああ、ぼく、胸がドキドキするよ。お母さんに早く会いたいなあ」

賢一も、なぎさの元気な顔を一刻も早く見たかった。

「自転車はすぐ出られるように、校門の辺りに止めておこう」

「こっちが体育館だよ」

避難所になっている体育館は、ここまで逃げて来た人たちでいっぱいだ。大勢の人が、急きょ配布された毛布やシーツにくるまって寒さをしのいでいた。体育館の奥の方に高校の医務室関係の備品を借りて、何人かの医療関係者がいるようだ。

賢一と智広は、そこで看護師として、てきぱきと働いているなぎさの姿を見つけた。

なぎさは血圧を測っていた老婦人に何かを言いながらにっこり笑って送り出していた。

「お母さん！」

智広は大きな声で叫びながら、なぎさの所へ駆け寄っていった。賢一もなぎさの近くへ歩いて行った。

自分の方に駆け寄ってくる智広の姿を見て、なぎさの顔が一変した。目を大きく見開いたあと、見る間にベテラン看護師の顔は、母親の顔つきに変わった。その目から涙が流れ落ち出した。遠くから自分の方に近づいてくる賢一を見て、なぎさは嗚咽（おえつ）をしていた。

なぎさに対して智広は開口一番に、

「お母さん、今日もここの仕事が忙しくて帰ることはできないの？」

と聞き、賢一は落ち着いた声でたずねた。

「なぎさ！　地震から一週間近くもたつのだから、一度あかねと哲雄に元気な顔を見せてやるわけにいかないか？」

なぎさは地震以来の張りつめていた緊張（きんちょう）の糸が切れたように、動揺していた。心の揺れを押しかくすように、

「ここには大勢の避難者がいるけれど、市民病院のスタッフも増えているから、一度相談してみるわ」

と答えた。智広はお母さんの手を引っ張った。

「ぼくらお母さんを探して会館まで行って、津波で犠牲になった人たちの中を探してまわったんだよ。お母さんかもしれないと息をつめてたしかめたんだよ。家に帰ってきてよ。あかねたちも、一晩でいいから、お母さんの顔を見たいんだよ」

その言葉はなぎさの胸をつき、心は決まったようだった。同僚と話をしてなぎさは戻ってくると、帰る準備をはじめた。

「今日一日だけでも戻って、すぐ明日にでもまたここに来ることにするわ」

雲が低くたれて、今にも雨が降りそうだったので家路を急いだ。

帰り道は、行きがけに話していたように、なぎさを自転車のうしろの荷台に乗せて賢一がこいだ。そして、智広が自転車の横を走った。

なぎさが自転車をこいでいる賢一の背中に両手をまわすようにしてもたれて乗っているのを見て、智広は本当にほっとした。

智広自身がクラスメートの美佳を自転車に乗せてこいでいるように錯覚(さっかく)した。美佳の自転車がパンクした時に彼女を乗せたことがあった。自転車はすごく重かったのに幸せな気持ちだった。あの時のようなやさしい感じで胸がいっぱいになった。

なぎさを乗せている賢一が、二人に言った。

「この隣村までの道路も、自動車が走れれば行き来は簡単だ。ここは地震の被害だけで、津波の被害は関係ないからなあ。今日自転車で走ってみると、市街地と違って障害物が多少あっても、自動車でも走れそうだ」

「そうだねえ、お父さん。この道路には津波が運んだ障害物がないから、自動車も走れるよ。きっと」

「智広君。君だけを走らせて悪いわね」

「いいよ、お母さんは避難以来、疲れているだろうし。ぼくは若いし部活で毎日走っているから、これくらい平気だよ」

「明日また来る時には、自動車で送ることにするよ」

賢一はこの道路には津波の影響がないから、車が走れると判断した。智広は走りながら、家にいるみんな、とくに幼い二人がどれほど喜ぶかを何度も考えた。そうすると、地震と津波以来の今までの苦労が吹き飛ぶような思いがした。

なぎさは、わが家への道が懐かしかった。ずいぶん長い間留守をしていたように感じた。地震の揺さぶりでぺちゃんこになった牛舎の屋根や、一か所に集まっている牛たちを目にした。牛たちは落ち着かないように、うろうろしていた。急に牛飼いの生活にあった日常が思い出されて、目の奥が熱くなってきた。

牛舎での被害を一人で修復しているおじいちゃんが自転車を見つけて手を挙げた。

「なぎささん！　ああ、よかった」

「おじいちゃん、ただいま帰りました」

「ちゃんと食べられて、眠れていたのか？」

「ご心配をかけました。けど、私は無事に帰ることができました」

大きなごみを片付けた母屋について、玄関の戸をギシギシいわせながら開けると、

「あかねちゃん、哲雄ちゃん、おばあちゃん、ただいま」

静かに声をかけた。智広が大きな声で、

「お母さんだぞ！　あかね、哲雄、おばあちゃん。お母さんが帰って来たぞ」

と言うと、智広の大きな声が聞こえたのか、バタバタバタと二人が走ってきた。

「お母ちゃん。長い間どこへ行ってたの。お母ちゃん、お母ちゃん。もうどこへも行かないで」

その時、大きな泣き声を聞きつけて、裏の畑から野菜を持って、おばあちゃんが不審(ふしん)に

思って入って来た。

「あれー、お母ちゃんお帰り、ご苦労さんだったね。……仕事のためとはいえ家にも帰れないで。寒かったのに、がんばったね」

「おばあちゃん、ご心配おかけしました……」

あとは、なぎさも言葉にならなかった。

しゃくりあげながらあかねが、

「ううっ。お母ちゃん。お母ちゃん。もうどこにも行かないでね。あかねの所にいてね。あかねはさびしかったよ。ほんとよ。あかねのお母ちゃんだからね。もう、どこへも行ったらだめよ」

なぎさに必死で言った。なぎさは、何も言わずにただあかねを抱きしめるだけだった。小さな哲雄も涙をこぼしながら、その二人を抱きかかえるように、できる限り大きく手を広げていた。

智広は、隣村から走って帰って来た疲れもどこかへ行った気がした。

希望が丘へ避難する途中にある市民会館で、お母さんではないことを祈りながら、ご遺体を一体ずつ検分していった時の、何とも言えない気持ちが思い起こされた。

智広は幼い二人のように大きな声を出して泣くわけにはいかなかった。だから、ぐっと奥歯をかみしめていたら、鼻の奥の方に熱いものが流れたのが分かった。父親の賢一ですら子どもたちとなぎささを見て、同じように感じた。

やがて、おばあちゃんが作ってくれた晩ご飯が始まった。でも、なぎさが帰って来れたからと言って、特別なごちそうではなかった。開いている店はなく、それより買い物どころではなかった。ローソクの明かりの下でみんなそろっての夕食は、地震以来初めてだ。一口食べるごとにみんなの笑いが自然に出てくる感じであった。

食後は、何日かぶりに、あかねと哲雄が眠りにつくまで、なぎさは赤ちゃんの時にやったように添い寝をして、落ち着かせて寝かせてやった。

幼い二人が寝たあと、智広と賢一になぎさが語った希望が丘へ避難するようすは、すさまじいものだった。

目的地の希望が丘のふもとまで達した時、

「看護師さん！　沖の方に黒い帯のような津波が来たよ。早く、急いで！　登ってきて」

先に着いていた人たちがそう言って、途中まで坂道を降りてきた。

「下村さん、ここが最後尾（さいこうび）だよ。腕が抜けるかもしれないよ。看護師さん、がんばれ！」

言いながら手を引っ張った。

「さあ、あと十メートルもないぞ」

「津波との競争だ。看護師さん、がんばれ、下村さん、がんばれ！」

二人はやっと希望が丘の頂上に着いた。

「看護師さん。見てよ、街の方を！」

下村さんと山田なぎさは、濁流が手当たり次第やりたい放題に街の中を破壊するのを、希望が丘の上から目にすることになった。

その時、登り切った下村さんは、辺りに聞こえるような大きな声で泣き出した。

「看護師さん、ありがとう。私は生き残れた。オウウー」

なぎさはその瞬間、やっと看護師としてやることはやり遂げたと思った。ホッとしたと同時に、死との戦いの気力が抜けてその場にへたり込んでしまった。

その後の夜の行進も大変なものだった。希望が丘から隣村の高校の体育館までは、真っ暗闇（くらやみ）の雪がちらつく中を防寒服も身につけず軽装のままでの行進で、それは考えられない過酷な厳しさだった。

やっとたどり着いた人たちには、体育館での避難生活も厳しいものだった。電気も電話も通じず、自宅にとり残されることを不安に思う人びとが、次から次へと押し寄せ、体育館は人であふれた。

なかでも、病院に入院していた患者さんが避難してきて、緊張は高まった。夜に急激に寒くなる体育館の中では、暖房もなく、体調をくずす人が多かった。

点滴もできない。水分の補給もできない。不安を訴えたり、お腹をこわしたり、ショックで横たわる人もいて、市民病院のスタッフが加わっても、満足な関わりができなかった。病院にいれば助かる命が、五日間で六人、この避難所でむざむざと消えた。

智広は一週間ぶりに、母親のなぎさに会うことができて、やっと心にゆとりができた。この地震、津波の中を、同級生の美佳はどうしているかなあと、ふいに思った。バスは動いていないし、浜北市一帯は停電で電話も水道も不通のままだ。それを思うとなおさら、智広は美佳のことが気になって仕方がない。

美佳は、勉強もよくできるけれど、体育も万能の女子生徒だ。それでいて、人の痛みも分かる繊細なところも持ち合わせている。くっきりとした明るい瞳をもつ美佳は、いつもまっすぐ智広を見つめてきた。智広はあの美佳に何も起こっていないことを心から願った。

「美佳、元気にしているか？」

具体的には、何もできない。ただ、そんな心配をすることが、今の智広にできる唯一（ゆいいつ）のことだった。誰も家族のことでいっぱいだろうけど、美佳も自分のことを心配してくれているかもしれないと思っていた。

智広は、地震、津波の影響が収まって、新学期に会えることを、この時点では疑ってもいなかった。

第2部

原子雲（プルーム）からの避難

1. 牛たちとの別れと避難

――三月十七日（木）　地震から七日目

次の朝、あかねは予想に反して、すごく聞き分けが良かった。賢一が運転する車に乗ったなぎさに、

「お母ちゃん、帰ったら、この前の編み物の続き教えてね」

と、何時もと変わらない感じだった。

「分かったわ、あかねちゃん。哲雄君も、行ってきます。智広君、二人の面倒見てやってね。お母さんもできるだけ毎日帰れるようにしてもらうからね」

賢一は、隣村の山野辺農業高校に向かって、出発した。なぎさを隣に乗せて走るのは、賢一もひさしぶりだった。

しかし、このドライブは変だった。今日はやけに、道路が混みあっている。というよりも街中と同じだ。

「なぎさ、おかしいな。交通量がまるっきり違う。昨日智広と自転車で走った時は、車な

んて全然走ってなかった」

「そうねえ、どの車も北の方へ向いて走っているし、おかしいわね」

なぎさも、昨日避難所から帰る時に比べて、車の増えかたが普通でないことに気づいた。賢一は同じことを何度も口にした。

高校の体育館の表まで到着した時、なぎさはここへ移動してから初めてのようなあわただしい、緊迫（きんぱく）した空気を感じた。しかもここまで自分たちと同じ方向に走っていた車のほとんどは、校門で止まらずに、北の方に走り続けた。

「賢一さん、少し待っていて。というよりあなたも一緒に中に入ってきて」

なぎさには、一晩不在にしただけなのに、校内にいる人びとの心は浮き足立っているように見えた。およそ避難所がもつ、やれやれというどこか安心した雰囲気はなく、切羽詰（せっぱつ）まった感じを人びとの表情から見てとった。

二人が奥の方まで入っていくと、市役所の腕章（わんしょう）を着けた人が、多くの避難している人たちの真剣（しんけん）な質問に応えていた。

「危険だと判断したら避難してください。とにかく一刻も早く。お願いします」

その人はまわりの人に訴えていた。

「原発から遠くへ避難してください。福島の原発の爆発はご存じでしょう」

それを聞いていた人が、

「テレビは見られない、電話は通じない。どうやってそんなことを、ここで知ることができるんだ。避難ってどこに行くんだ？　家に置いてきた犬や牛はどうするんだ？」

その人は本気になって怒っていた。

「情報のバラツキはありますが、原発からの避難区域は日々拡大しています。三月十二日は、二十キロ圏内の避難命令、昨日十六日は、三十キロ圏内まで広がったのです。

原発の爆発は、田んぼや牛にとっても危険なことです。でも、とりあえず牛は置いておくより仕方がありません。大きくて連れて行けませんから、かわいそうですが。とにかく、人間だけでも避難してください」

みんなの真剣な質問に対して、

「避難してください。あの原発が爆発したんです。原発の炉の中から有害な放射線が出ていると予想されるのです。

放射線は目には見えないし、においもしないのです。けれども、後々にがんや白血病などの重い病気になる可能性が大きいです。だから、福島原発からできるだけ遠くへ避難してください」

と誰彼かまわずに訴えかけていた。

　なぎさは、医療関係のコーナーへ行き、そこにいた上役にたずねた。

「避難、避難って？　課長さん。ここはどうなるのですか？」

「この避難所も閉鎖だろう。津波にやられた市民病院も、現在の所から、移転することだけは間違いないよ。ここで自力で避難できない人たちのため、八方に手配してるよ。とにかくここは責任を持って対処する。今は、原発の爆発の影響で浜北市そのものがどうなるか分からないから」

　なぎさが真剣な顔でたずねた。

「課長さん。ご家族を連れて、このあとどちらの方へ避難されるのですか？

原発から離れろと言っても、どこまで行けばいいんでしょうか？」

「福島市の方かな。とにかく親の所だ。そこへ居候でもさせてもらってから、考えるよ」

　なぎさは、その場の状況のおおよそのところを理解すると、

「あなた、急いで帰りましょう」

　賢一と一刻も早く家に帰ることにした。

北へ続く車の列の意味がようやく分かった。おそらくは福島原発の爆発から、避難しようとしている人たちであろう。

昨夜はなぎさが一晩家に帰ることができた。それなのに思いもしない新しい出来事だ。

そういえば、十四日の十一時ごろ、賢一が大地震の後片付けをしていた時、福島原発の方向で、《ドーーン》という何か爆発したような音に続いて、高さ千メートルくらいの赤黒い煙が立ち上がった。

（あれが原発の爆発だったのだろうな。テレビも映らないし、電話でお互いに情報を交換することもできない。何ということだ）

賢一は家に帰る前に、一昨日なぎさのことを知らせてくれた田中さんの牧場に寄った。田中さんもおじいさんも家にいた。昨日のお礼を言ってから、賢一となぎさがもっている市からの情報を知らせ、二人の牛飼いは、これからのことを話し合った。市役所の人が、《牛も田んぼもそのままで、一刻も早くとにかく避難しろ》ということは、現に原発の死の灰が降ってきているらしいと思われた。

死の灰といえば、ビキニ環礁（かんしょう）の水爆実験で死んだ人を、田中さんのおじいさんが思い出した。

「たしか静岡の焼津（やいづ）港からのマグロ漁船第五福竜丸（ふくりゅうまる）の無線長だった。空から降ってきた白い灰を、分からないままかぶって死んだようだ」

遠い昔のあやふやな記憶を取り戻すような顔でおじいさんが言った。

「えっ原発って人が死ぬの？」

一気に恐ろしさが現実味を増した。状況がわれわれには分からないから、この際はベコたちに当分のエサと水をやっておいて、とにかく避難しようということになった。

田中さんたちは、福島市にいる兄弟の家にとりあえず、避難させてもらうことにした。賢一はおじいちゃんと相談して決めることになるけど、たぶん、いわき市に結婚して住んでいる姉の野田咲子（のださきこ）を頼って行くしかないと伝えた。

二人の牛飼いは、展望の見えないまま、とにかくそう長くはならないだろうと、不安をふりはらった。二人はがっちりと握手をして、再会を期して別れた。

それから家に帰った二人は、おじいちゃんとおばあちゃんを入れて急きょ相談した結果、やはり、姉の野田咲子の家をめざして避難することになった。

おじいちゃんと賢一は智広も連れて、急いで牛舎に行った。地震以来、牛たちはまだ落ち着きを取り戻せてないように、狭い牛舎の中を激しくうろうろしていた。エサ入れに余分のエサをやり始めると、大きな体を揺らすような格好で、ひたすら食べ始めた。

智広も、牛たちの中でなじみの一番古株にエサをやった。

「モーちゃん。おまえは小さい時から、ぼくとよく遊んだな。もう十年になるかなあ。小さかったおまえのしっぽを引っ張って遊んでも、怒らなかったもの。そのぼくに、毎朝新鮮なお乳を飲ましてくれたな。ありがとう。元気でいてくれよ！」

モーちゃんと呼ばれた乳牛は智広との最後の別れを感じたのか、エサを食べるのをやめて、柔和な大きな目を智広に向けて、
モオッー
とひと声鳴いた。

おじいちゃんは牛たちのそれぞれの名前を呼んで、一頭ずつ別れの挨拶を交わした。それから、どの牛の水飲みにも水を入れてやった。

その後、おじいちゃんとおばあちゃんは予備のガソリンを積んで、仕事用の軽トラックに乗った。

賢一の車にはなぎさが助手席に並び、三人の子どもたちがうしろに乗った。自分の着替えをリュックサックに詰め込み、そこらに置いてある収穫した野菜も山盛りトランクに乗

せた。なぜ他の大事なものでなく、ほうれんそうや大根だったのか。とにかく夢中だった。

小さい二人は、家中みんなが車で外出することが普段ないことなので喜んでいた。

「お母ちゃん、今日は帰ってきたらすぐにみんなで出かけるのね。どこへ行くの？」

「いわき市の咲子おばちゃん家に行くのよ」

「やったあ、いいぞ」

「いいなあ」

なぎさは何も知らないまま喜んでいる二人の小さい子らをたしなめた。

「哲ちゃん、あかねちゃん、遊びに行くのじゃないのよ。だから、あんまりはしゃがないでね」

「ガソリンを節約するため、暖房は弱い目にしてるから、寒いかもしれないね」

賢一は、あかね、哲雄の方を見て、

「二人とも寒くないか？　たくさん着こんでいるし、いっぱい乗っているから大丈夫だろ。兄ちゃんもいいか？」

と言って智広にもたずねた。彼はうなずきながら、

「いわき市の方へも車は数珠(じゅず)つなぎだね、お父さん。みんなぼくらみたいに親類を頼って

行くのかな?」

　賢一に代わって、なぎさが智広に応えた。

「そうだと思うわ。これじゃあ浜北市は空っぽになってしまうわね。うちみたいな酪農や農業をやっている人は、土地にくっついてやらなきゃ何もできないのにねえ」

「本当だね」

　車は、原発の爆発した浜通りは通行禁止なので、阿武隈山地の山の中を走ることにした。七、八十キロを超える道中は、同じことを考えている車が多いから渋滞した。風邪気味のおばあちゃんのことを考えて、智広とおばあちゃんが途中で車を入れ替わった。おばあちゃんはうしろの子どもの席に入れてあげた。おじいちゃんの横の席に変わった智広は、座るなり語りかけた。

「おじいちゃん、牛たちは何日も放りっぱなしにしておいても大丈夫なの」

「そんなことはない。牛だって毎日乳を搾ってもらって、掃除してもらった衛生的な牛舎がいいよ」

「そうでしょう。ぼくでもそう思うものね」

「乳牛は毎日乳を搾ってやらなかったら、調子が狂ってくる。そういうふうに生まれた時から、育てられてきてるからな」

「じゃあ、どうしたらいいの？」

「それは、わしらができるだけ早く帰ってきてやることだ」

「でも避難するんでしょう。今日避難して、明日帰って来るなんて不可能でしょう」

「たぶんな。原発から逃げろと言うけど、どれくらいの期間避難したらいいのかな？」

「牛たちも、ウンコまみれでの毎日はいやだろうね」

「牛は清潔にしてやることが第一だからな。牛飼いにとっては、毎日の牛の糞の後始末、掃除が大変なのだ」

「そうだねえ。牛のウンコの後始末をするのが牛飼いの重労働の中心だものね」

「でもね、ドイツやデンマークなど欧州の進んでいる酪農国では少し違うんだ。動物の汚物を一か所に集めて、肥料粕を混ぜてメタン発酵させてエネルギーを得るんだ。暖かいお湯や、ガスや電気を作っている所もある。バイオエネルギーといってな」

「へえー。そんなことやってるの。おじいちゃん、そんなことはどこで知ったの？」

「牛飼いにとっては常識だよ。お父さんだって大学校で習っただろうと思うよ。

たとえばドイツなんか寒い国だから、暖房は必要だから。わが国の町や村がしている水道や下水の事業みたいなものだよ。汚物が転じて、みんなのエネルギーになるんだ」

「それは良いねえ、うん。そして頭がいいねえ。おじいちゃん」

おじいちゃんは、この国で牛飼いがもっと力をもってきて、そして人びとがバイオエネルギーの良さに気づいたら、自分たちのために作って使えるようになると言った。

「この国では、県よりも大きな力を持った電力会社が、『安全だから、安全装置が何重にもあるから』と言って核を使って電気を作っているだろう。

費用をけちって、できる限り安上がりにしておいて電気を作っているのだ。それと本来、核分裂の力を使うというのは、生き物にとっては危険なものだ」

「そんな危険な方法を使わないと電気を作ることはできないの」

「電気を作る方法はたくさんあるよ。原子力発電所は、核爆弾と同じ原理でやっているんだから。いわき市に行ったら、野田のおじさんに聞いてみたらよくわかるよ。誠二おじさんは理科の先生だから」

おじいちゃんは、しばらく黙って運転に集中していた。そしてまた、話し出した。いつものおじいちゃんとは違っていた。

「そのくせ今度みたいに、事故があって、発電所のまわりの村や町の人に放射線の危険が及びそうになった時には、急に『危ないから、みんな逃げろ』と言うのだ。そこのところが違うな。この国でのエネルギーの作り方は、力の強い者が勝手しすぎる」

智広は、どう答えていいかわからなかった。

「電気を作る方法はいくつもあるのに、福島には十基以上の原子炉があるのだ。しかし、あそこで作っている電気は、基本的に東京で消費するためのものなのだ」

「うん」

「へんぴな牧場の多い福島を選んで、核を使った電気を作っている。効率的だといってな、つまり会社にとって儲かるからな。雇用も作ると言って。わしらには出稼ぎに行かなくていいと言うんだ」

「牧場が多いということは、平坦な土地が少なくて、農業ができないということでしょう。おじいちゃん」

「この国は地震の多い国だからな。地震があれば、当然に津波がある。しかも、この福島から三陸沖にかけては三大漁場でもあるのだけれど、昔から地震と津波の多い所だ」

智広は普段こんな話をおじいちゃんとしたことはなかった。そのおじいちゃんが次から次へと言い出すので驚いた。

おじいちゃんは、突然、なにもかも置いて家中で逃げ出すはめになった事態(じたい)を、どう受け止めていいか分からないみたいだった。

「牛のウンコは、わしらが後始末をするんだ。原発の不始末を基本的に自分でやらない大きな電力会社と、それを国策(こくさく)にしている国は、やることがあまりに身勝手すぎる。国策にするというのは、国民一人ひとりが責任分担することなんだから」

すぐ戻ってきて、牛の世話をすれば済むことだけど、人間だけが一目散に逃げ出すこの長い行列の中では、それは不可能なことに思えた。

おじいちゃんは怒っていた。可愛がって育ててきたベコたちを、放射線の中に置いて来ざるを得なかったおじいちゃんの悲しみが、国や電力会社に対する強い怒りに転化しているようだった。

車は、また渋滞に出くわして止まったままになった。車が止まってから、智広も何かを考えているように、黙り込んだ。

(クラスメートの美佳の家族は、放射線から逃れて、北か南のどちらの方向に向かっているのだろう? きっと、ぼくたちと同じようにどこかで渋滞に遭(あ)ってるだろうな)

美佳とは地震と津波の日以後、言葉も交わさないままだ。お母さんのなぎさの生死、所在を明らかにするのに一生懸命だったたし、電話もバスも不通だったので、連絡を取ることもできなかった。また、会えるだろうか。智広は、今まで普通に会っていた日常があわただしくプツンと途切れたことが、不思議だった。


智広一家は、阿武隈山地の細い道を通った。渋滞の列は続いていた。休憩で止まった時、智広はお母さんの車の所に行った。

「お父さん、この渋滞の長い列は、『福島大崩壊』だねえ。もうこの緑多い福島の地には、誰も住めないのかなあ」

智広は思った通り口にした。

「悲しいことを言わないで」

「でも、そんな言葉が自然と出てくるよ」

公衆電話のある所で、お母さんが並んでいる人の列に加わって、咲子おばさんに連絡をした。電話した内容を、車に戻ってお父さんとおじいちゃんに報告をした。

「原発が三基続けて爆発したので、避難が急に必要になったこと。いわき市の方に家族七人全員で向かっているけれどずっと渋滞が続いています。たぶん明日中には着けると思います。そのことだけをお姉さんに伝えたわ」

「姉さんもびっくりしてるだろう」

「テレビや新聞のニュースで大体のところは分かってるみたい」

夕方、横道の二台停められる所で止まって、おにぎりとお茶の簡単な夕食を済ませた。

その後、ヘッドライトを点けて走ることはやめて、早い目に並んで駐車できる場所を探して、全員が仮眠をとることにした。

車の運転席が狭く、智広は足も伸ばせない姿勢だった。けれど、何度も体の向きを変え、毛布の場所を替えたりした。午後から渋滞の中を運転し続けてきたおじいちゃんとお父さんが、疲れて事故を起こさないようにと願った。

2. 新聞が読めて、テレビを見られる普通の生活

——三月十八日（金）地震から八日目

朝が明けかかって、山の向こうのカラスも起き出したばかりのようだ。辺りはまだ薄暗

かった。日の出前のひんやりとした中で体を動かして温めてから出発した。それでも、いわき市の咲子おばさんの家に着いたのは、昼を過ぎた三時近くだった。

このおばさんは、お父さんのお姉さんなので智広たちのおばさんだ。そして、お母さんのなぎさとは看護学校の先輩と後輩の関係だった。お母さんはお父さんの賢一と結婚する前から、咲子おばさんを先輩として知っていた。

福島でもこの辺りまで南にくると、地震、津波に続き、それが原因となって原発が爆発して、大きな事故が起きたということは十分に知られていた。

なによりも、新聞は読めるしテレビもついているし、ネットも使えるので、その気さえあれば全体の動きを知ることができた。智広は、当事者だけが、何も知らされず放置されていたようないやな気分がした。

「お父さんお母さん、みんなも大変だったね。昨日は、眠れなかったでしょう。

今日はとりあえず布団の上でぐっすり寝てね。話を聞かせてもらうのはそれからできるから。今夜はごちそうできないけど鳥と魚のごっちゃ鍋にするから、うんと食べてね」

咲子おばさんは、みんな一人ひとりにねぎらいの言葉をかけていた。

「哲ちゃんもあかねちゃんもお母さんと一緒の部屋にしたからね。山小屋に寝ているのだ思えば、広いもんよ」

　咲子おばさんの指示で、部屋割りも簡単に決めて、着替えなどの荷物を車から降ろした。

「あのね、咲子おばちゃん。ぼくは、うしろの席でおばあちゃんとあかねと三人一緒だったから、寝る時はうんと狭かったよ。目が覚めた時には、おばあちゃんのお腹の上にぼくの足が乗ってたよ」

「そうだよ、哲ちゃんの足が何度も、どーん、どーんとおばあちゃんのお腹を太鼓のようにたたきにきたよ。哲ちゃん、覚えているかい？」

　哲雄は、恥ずかしそうに空とぼけの顔をしてあっちを向いていた。

「わたし今日からは、お母ちゃんと一緒に寝れるのね。うれしい！」

とあかねが言った。

　今夜は全員そろって普通の夕食になった。智広は一学年上のいとこの敏也の横に座った。お互いに笑顔を交わすだけで、ひさしぶりの挨拶になった。

　コンロを二つ囲んでの鍋は、お正月以来で、ガヤガヤ言いながらの食事に、智広は別世界に来ているような気がした。

　おじいちゃんとお父さん、それに誠二おじさんの男のおとなたちは、コップにビールを注いでもらってうれしそうだ。とくに、おじいちゃんとお父さんは、晩ご飯の時にビールを飲むことができるのは、地震以来だった。おじいちゃんは口のまわりについた泡をぬぐおうともしなかった。

食事が始まっても、五年生のひろみと哲雄とあかねの三人は、にぎやかに話していた。

「咲子おばちゃん、地震の時はね、ぼくら学校の帰り道だったんだ」

「あなたたちそんな所で地震にあったの」

「そうだよ、あの地震の起きた時は、ぼくら立っていられなかったんだ。思わず道路の上にひっくり返ってしまってた。なあ、あかね」

「そうよ、あの時は道路の上に立っていられないし、歩くこともできなかったね。しばらくたって地震が終わったあと、家まで走って帰った。でも次から次へとグラグラきてたよ」

二人が思い出しただけでも怖そうに言った。

咲子おばさんとなぎさとは、それぞれの病院にいた時のことについて話しあっていた。でも、津波は三、四メートルくらいの高さで襲ってきたいわき市の状況と、避難先の希望が丘の上から、十メートルを超える町を襲う大きな津波を見たなぎさとは、恐ろしさも違っていたと思われた。なぎさの場合、健診のお年寄りたちと一緒だったから、もう少し避難が遅れたら、命まで持って行かれるところだったと話した。

賢一とおじいちゃんは、ひと晩放っておいただけだけど、やはり牛舎に置いてきた牛のことが気になるようだ。なごやかな会話の中でふと気がつくと、二人は牛のことばかり話していた。

何よりも避難するまでに、牛舎を、完全に直すことができていなかった。賢一が二日間も津波のあとを街までなぎさを探しに行ったのと、家の中の片付けをしたり、避難所まで迎えに行ったり送ったりと、もっぱら牛のことはおじいちゃんだけに任せっきりになってしまっていたからだ。

智広は、隣に座っているいとこの敏也に話しかけた。

「敏也君、君のお父さんは理科の先生だったね。ぼく、おじさんに教えてほしいことがいっぱいあるんだ」

「何のこと」

「ここに来る車の中で、おじいちゃんからいろいろ聞いたんだけど」

二人の話を小耳にはさんだのか、おじいちゃんが敏也、智広の二人に、

「おまえたち、誠二君に何を教えてもらおうと考えているのだ」

ビールのコップを持ったままたずねると、

「原発のことだよ。その放射線と生きている人間や牛のことだよ。おじいちゃん」

智広が応えた。すると、

「その話なら、わしも一緒に聞かせてくれ」

温かい湯気の立ち昇る鍋を囲んだ夕食はひさしぶりだったので、皆をほっこりさせていた。

けれども、それは表面だけで、これからどうなるのか、不安は深く巣くっていた。

3. 茨城であった核の臨界(りんかい)事故

智広と敏也が、誠二おじさんに質問する前に、逆におじさんがおじいちゃんとお父さんに質問した。

「お義父(とう)さん、賢一君。そもそも、飼っている牛を無理やりに置き去りにさせて、市や町が避難を強制するというのは、原発の何がどうなったんでしょうかねえ?」

「君は毎朝、新聞を読むことができているんだろう?」

「新聞も読んでいるし、テレビのニュースもずっと見ていますよ。それでもはっきりしませんよ。ネットも見られるものは見ていますけれども。もう一つ分かりません」

「誠二君、理科の先生の君に分かりませんと言われたら、困るねえ」

「だって、お義父さんの家の辺りは、福島原発からは三、四十キロぐらい離れているでしょう」

「そうだな、三、四十キロぐらいは離れているかな」

「炉の爆発といっても、どんな具合だったのかなあ?

この点は、新聞でも、テレビでも分かりませんでしたよ。もっとも、会社もマスコミになんでも発表したりしません。それに会社の人間といえども高い放射線のため原子炉の中に入って、調べることはできていませんからね。

かえって外側にいるわれわれの方が客観的につかんでいるかもしれませんよ」

誠二おじさんが最も疑問とするところのようだ。しかし爆発した炉の状態は、避難所で町の係員の話を直接聞いたお父さんにも、もう一つハッキリしないところだ。ましてや、お父さんとお母さんの二人から話を聞いて、それで家からあわてて出てきたおじいちゃんにとっては、答えの出るものでなかった。

「誠二君。わしもなあ、何も分からんまま賢一となぎさに言われて、避難してきたような気がしているんだ。今でもそうだよ」

おじいちゃんは五里霧中（ごりむちゅう）のような状態で、ベコたちと別れて家を出てきたように感じている。おじいちゃんは昨日からのことを思い出すようにしてから言った。

「もともと、わしらが常識としてもってる放射線については、簡単なものでしかなかった。人間にとっては放射線なんてのは色もにおいも何にも分からないだろ。それなのに、強い場合には人間も他の生き物も即死してしまうほど危険なものじゃ」

おじいちゃんの話は智広も理解できた。

「放射線が、生身（なまみ）の人間にとって危険なものだということは、世界中の人びとにヒロシマや長崎の原子爆弾で証明された。それにビキニ環礁での水爆の実験でな」

そう言って、智広と敏也の方を見た。

「中学生でも、これは人を殺すための発明だから、強烈（きょうれつ）な場合は人間も生き物も死んでしまうのは分かるな」

おじいちゃんは、長い運転が無事終わったことと、ご飯の時に飲んだお酒が少し効いたようで、しゃべりだすと、とまらなかった。

「あまり知られていないが、すぐ隣の県の茨城に放射線事故で死者を出す大事故があったんだ。あれは一九九九年だったな。『核の臨界事故』を起こしたＪＣＯという会社だ」

「一九九九年というと十二年前だから、ぼくは二歳、敏也君は三歳だ。そんな昔のことはぼくらは知らないね」

智広は隣に座っている敏也に言った。敏也もこっくりしていた。

「あれは日本で初めての核の臨界事故が、街中の工場の中で起きたということで、マスコミは大騒ぎだった」

「臨界事故ってどんな事故？」

敏也がおじいちゃんに大きな声で聞いた。

「臨界というのは、《次から次へと、自動的に核分裂が起きて止まらない状態》のことだ。町工場の機械の中で臨界状態になったんだ。当然、そこからは人間に有害な放射線が出てくる。だからどうやってその臨界状態を止めて、停止状態にするかが問題になった」

おじいちゃんは思い出すように目をつむっていた。

「会社の従業員の中から、ベテランでもう子どものいる男の社員を選んで決死隊を組んで、その中から誰が止めに行くかが問題になったそうだ。

機械の側に行くだけで一分間ほどで、計測器のアラームが鳴りだすんだから。みんな三十秒ほどの作業時間で、交代で臨界状態に立ち向かった。それでも、機械の中の臨界状態は収まらない。

最後に、偶然に機械の外側にあった水を抜いて臨界状態がやっと終わった時には、テレビを見ていた日本中の人がほっとしたんだ」

「フッー。……」

おじいちゃんの話を聞いていた、智広も敏也も同様に緊張を解くように息をもらした。

おじいちゃんが、どうしてこんなに詳しいかというと、近くに福島原発があるから、原子力について、関心をもっていたらしい。そういえば、同じ牛飼いの田中のおじいさんもビキニでの水爆の話をしていた。おじちゃんたちは、福島原発を誘致した時、どう思ったのだろう。

「だけど、この時に、作業に従事していたSさんとOさんの二人が、最終的には亡くなった。核燃料を作るため材料の入った液体をバケツに七杯分、機械の中に入れた時に臨界状態になったらしいと、新聞は書いていた。その片方のOさんは、亡くなるまで東大の病院に八十三日間入院したんじゃ。わしが覚えているのはこのぐらいだ」

「お義父さん、よく覚えておられましたね。私もいわき市のすぐ近くの海岸沿いで起きた事故ですから、勉強しましたよ」

　そう言って、高校の理科の先生らしい顔を見せ、おじいちゃんの話を誠二おじさんが引きついで話し始めた。

「一人ひとりの人間は、母親のお腹の中の卵の時から、先祖から受け継いでる自分の『命の設計図』を持っているんです。それが、大量の放射線によって破壊されてしまって、取り戻せないのです。Oさんは作業中、臨界状態になった時、『一瞬、青白い炎のようなものを見た』と言ってました。

　たったそれだけのことで、体の中のいろんな細胞、腸の内側とか体の表面の皮膚（ひふ）とかの細胞の設計図が壊されたんです」

　敏也も智広も、身じろぎせずに誠二おじさんの話を聞いていた。

「Oさんの場合は、『命の設計図』を取り戻そうと、自分の妹さんから骨髄液（こつずいえき）の移植もやってもらったけどだめだった。

入院当時、外見は元気で腕がただ赤くはれているだけだった。ところが最後は、外から見て全身皮膚のない体、焼けただれたような状態になってしまった。腸の内壁側も再生されず、栄養分も治療薬も体内に吸収されない。そして、皮膚も再生されないから、体液が体の外へジャジャ漏れの状態になってしまう」

聞いている智広も敏也も初めて耳にする、驚くような出来事ばかりであった。

「あの時、亡くなったOさんの奥さんが、入院してすぐでまだ元気だった頃に、看護師さんに言ってたのを覚えている。

『少なくとも高校までちゃんと教育を受けてきた人間に、会社はこうしたらだめだということをキチンと教育をしてほしかった』と。

最愛の奥さんにしたら、すごく残念な死に方だったんだろう。会社の仕事で、原料をバケツで七杯汲み入れただけで、死んでしまったんだからなあ」

誠二おじさんは、日本の町工場の作業現場から、直接に放射線で亡くなった人が出た事実を、われわれは肝(きも)に銘(めい)じておかないとだめだと言った。

「核燃料を作るJCOという会社が、核を扱っているんだという慎重さがなかったと言える。会社は非公式なマニュアルを作って、彼らにやらせていたんだ。その後、この会社のえらいさんの何人か罪を問われていたよ」

ここまで聞いて、おじいちゃんは何かを考えているかのように急に黙ってしまった。

4．核分裂――地球の生物的安定を壊す

おじいちゃんはしばらく下を向いていたが、決心したようにしゃべりだした。

「そして、今回も起きた」

お母さんが避難所から帰ってきて教えてくれたことを話し出した。

「市の人は次のように言ったらしい。牛にとっても放射線は毒です。避難させた方が良いんです。このままではミルクは飲めなくなり、肉は食べられなくなります。けれども残念ですが大きすぎて連れて逃げられません。

かわいそうですけれど、仕方がないから、人間だけでも逃げてください。原発が爆発したのです。原子炉の中の放射線を含んだ物質が、福島の上空に吹き上げられてますから。急いでくださいと。だから、牛を置いてきぼりにしてきた」

逃げてきたおじいちゃんの頭の中は牛のことでいっぱいだ。

おじいちゃんは、誠二おじさんに訴えるように顔を向けて言った。

「『安全です』と言ってた原子炉が爆発したんだ。今回、あの大きな地震による直接的な影響が考えられるが、具体的にどう損壊させたのか、わしには分からんが。

あの爆発で、放射線が電力会社の意に反して発電所の敷地から出てしまったということだな。この福島の大地に」

おじいちゃんは、自分自身に向かって言うように、悔しそうに、消え入りそうにつぶやいた。

「電力会社が『五重の安全装置』というのは、何も知らないわしらを安心させるためだけに言ってたのか？」

誠二おじさんは、自分のノートを取り上げ話し出した。

「太陽のような自分で燃えて輝いている恒星は、すごい放射線を放出しています。ですから、地球上には、もともと太陽からの放射線があるのです。けれども、地球上に何十億年もかかって、放射線から守る条件ができてきたのです。

一つ目は、海と大気ができたこと。

二つ目は、磁気が働いていること。

それと太陽から距離があったこと。これらの条件によって、太陽その他、宇宙の放射線から身を隠して、地球上に生物が住めるようになったのです。

それなのに、『原子力』というのは、せっかくできている核の安定を人間が意識的にして、つまり、核分裂をさせてエネルギーを取り出す技術なのです。

しかも、核分裂させたら、原子の火は好きな時に消すことができないのです。消えてない証拠は、余分なエネルギーから、放射線と熱を出していることです」

黙って聞いていた智広が口を開いた。

「おじさん。その核分裂させる技術って、生身の人間に敵対して存在する技術なんだね」

「そうだねえ」

敏也もそう言ってうなずいていた。誠二おじさんはそれからまた、みんなの方に向かって、口を開いた。

「お義父さんと賢一君が現在問題にしていること、私も同じ思いですが、爆発した原子炉と三、四十キロ離れた牧場との間に、どのような放射線の出入りがあったのでしょうか？」

誠二おじさんは自分で質問を出して、自分で答えを考えているようだ。

「考えられるのはただ一つ、これは一九八六年のソ連のチェルノヴィリの場合にも出てきます。爆発して吹き上げられた塵（ちり）のように小さい放射性物質が、雲のような小さな塊（かたまり）になって動きまわるんです。

『原子雲』（プルーム）としてね。そして雨や雪が降る時、一緒になって落ちてくるんです。だから、風まかせのところがあるんです」

「ふーーん」

敏也と智広は同時に声を上げていた。

「これなら、軽くて思わぬ長距離の移動もあります。たとえばこの場合、三、四十キロどころか何百キロも移動して、予想外のところから、放射線の高い地域が出現しています」

聞いている皆は、かたずをのんで次の言葉を待っていた。

「具体的な例としては、チェルノヴィリの大事故から半年以上たった冬に、死の灰の降下が続く《ホットスポット》と呼ばれる、原発から遠く千五百キロ離れたスウェーデン中央部で、農民に人体汚染が進んでいたのです」

「千五百キロもか。やはり、専門家はよく調べて詳しく知っているなあ」

おじいちゃんは、誠二おじさんの話を感心して聞いていた。

「このプルームの話からするならば、三基の原子炉が爆発した福島で、三、四十キロぐらい離れた牧場では、全く原子力発電所の庭の中と言ってもいいくらいの距離でしかありません。

それなら、皆が避難してきたここいわき市は本当に安全といえるのでしょうか？ ここにいつ頃まで避難していれば、科学的にも安全といえるのでしょうか？ いつ頃になったら、浜北市辺りは、元のように放射線の心配のない、人間や牛が住めるようになるのでしょうか？

誰にも答えは分かりません。科学的に十分調べて、権威に裏打ちされた責任ある指示を待つよりほかはありません」

智広は、自分たち家族みんなの行く末が完全に、原発事故に道を阻まれていることを思い驚いた。

「しかし、国といえども、国民に対して明確な指示を出せるかどうか分かりません。だって、アメリカのスリーマイルズ島の事故やソ連のチェルノヴィリの事故があった時にも、政府の役人と電力会社は、日本の原発は特別に安全だと何の根拠もなく言ってたのですから……」

誠二おじさんは、熱を帯びた自分の発言を落ち着かせるように、お茶を一口飲んだ。

「福島の原発の爆発事故は、原発という多額の金を喰らう、しかも大掛かりで、人間にはコントロールすることができない廃棄物を産出して、それは多くの被害をもたらすという側面を皆の前に現しました。

原子力を使って発電するということは、大げさな核分裂の熱を利用してお湯を沸かして、その蒸気で発電機を回す蒸気機関です。だから、その原理は旧式の蒸気機関車と全く同じなのです。昔の『単純な湯沸かし機械』ですけれども、人間に対するいや全生物に対する害毒を出すという話なのです。

そして、その熱の三分の一だけを電気エネルギーに変えることができるのです。非常に効率の悪い発電装置ですね。残りの三分の二は、七度から九度の温水のまま海に捨てて、生態系を壊して海を荒らしてしまうだけです。その点では、地球温暖化にも逆行しているのですね」

いずれにしても、理科の教師の誠二おじさんといえども、福島原発に関しては、憶測でしかものが言えない状態だ。

原発に関しては、電力会社も人間にとって高い放射線なので、中に入って調べることができない。あらゆる事実関連を調べて報告することはできないのだと智広は思った。

5．牛たちと逃げ遅れた人たちは？

むずかしい話が続いたあと、ふっと黙り込んだおじいちゃんはしみじみと、初めてメスの赤ちゃんが産まれた時の話をした。

山田さんちで牛を飼い始めて、初めての子牛が産まれたのは、智広が産まれるより前のことだ。まだ若かったおじいちゃんと賢一とは前の晩からそわそわと親のメス牛につきっきりだった。それから何度も牛の赤ちゃんは産まれたけれど、おじいちゃんも賢一も最初に家のメス牛からメスの赤ちゃん牛が産まれた時のことが忘れられないという。小さい頃智広も、わが家で産まれたメス牛の赤ちゃんたちと一緒に遊んだ。そして、大きくなってからは乳をもらって飲んでいた。

この牛たちを大きく育てることができたので、おじいちゃんと賢一は数は少ないけれども、自分たちも牛飼いになったという自負が生まれた。それまでは小さな畑で作物を作っていただけだが、その時から両方の生産を始めた。

でも、小さな畑からの収穫と、数少ない乳牛からの生乳（せいにゅう）代だけでは、山田さんちの収入は大したことはなかった。だから、賢一と結婚したなぎさが、看護師として働く収入は貴重なものであった。

けれどもおじいちゃんの昔話は、家に残してきた牛たちを思い出させるだけだった。


いわき市の咲子おばさんの家に避難してきて、何日たっただろう。

この辺りは　津波で家を失った人や、原発の爆発から避難してきた人びとでいっぱいだ。おじいちゃんや賢一は、浜北市の牛飼いの人たちを探しては会いに行って、お互いの知ってる情報を交換していた。とりあえず、これから住む家を見つけることも急がねばならなかった。なぎさも現在閉鎖になっている病院の再開がどこで、いつ頃行われるかを調べに毎日出かけていた。こんな具合に、おじいちゃん、賢一、なぎさと皆忙しかった。

しかし、ふと思うのは故郷のことだ。

（家の牛たちはどうしているだろうなあ。お腹がすいていないだろうか？　のどが渇いて水が飲みたくないだろうか？）

毎日直接世話をしていなかった智広でも心配だ。おじいちゃんや賢一が置いてきたエサや水はいつまでもつのだろうか？　おじいちゃんたちも、すぐに帰って来られると思って避難した。だからそれに対応した飼料と水を置いてきただけだ。

一号機、二号機を含め、爆発した三号機が福島浜通りにまき散らした放射性物質は、時間がたつと福島原発からとくに北西の方向の市町村にわたったことが明らかとなった。やがて、智広たちが住んでいた地方は、国から『立入禁止区域』に指定された。道路に停止線がひかれ、もう一歩も立ち入ることができないのだった。

家族と同じような気持ちで育ててきた生き物を家に置いて避難してきた人びとは飼育する相手が大型動物だから、大量に必要とするエサをどうしたらいいのか誰でも考える。避難した人たちにはその後どうしたらいいのか、何も指示はなかった。

この原発からの避難で、市の中心部にあった智広の中学校はどうなったのだろう。生徒たちも、大量の放射性物質からの避難騒ぎでみんな別れ別れになってしまった。智広はクラスメートだった美佳とも、地震の日から安全かどうかの連絡すら取りようがなかった。

落ち着かないいわき市における生活の中でも、智広が思うのは毎日会って何でも話していた級友の美佳のことだ。

今、どこにいるのか分からないけれども、会って話しているだけで元気が出てくる美佳は、あの爽やかな笑顔をなくしていないだろうか。

「智広君！　地震、津波、原発の爆発と大災害が続くなか、元気にやってた？」

頭の中に語りかけてくるやさしい声は、いつもの美佳そのものだった。

「お母さんの勤務していた市民病院は、津波で全滅になったと人づてに聞いたんだけど、智広君のお母さんは無事だったのかしら？　私、案じているの」

（美佳も知ってるように、お母さんはあの病院の看護師だったからなあ……）

「弟さんや妹さんは、山手の小学校だったからたぶん無事だったと思うけど？　家の人たちも皆さんお元気だった？　それと飼っていた牛さんたちも無事だったのかなあと心配だわ」

心の内に語りかけてくる美佳の言葉は、以前と変わらないやさしさのこもったもので、智広の気持ちを落ち着かせるものであった。

「私もいろいろあったけどなんとかくぐり抜けて、元気でいるわ。大丈夫だから。もうすぐに智広君にも会えるわ。待っていてね」

そんな声と笑顔が頭の中でこだまするようだった。すべて、智広の希望的な言葉だった。

やがて、このどさくさの混乱に加えて、役所は福島で飼育していた牛たちを、今の場所から移動させることを禁じてきた。

家や牧場のあった所は、すべて立ち入り禁止になってしまった。エサはやりたくても、やるために戻れない。第一番のエサである野に生えている青い草は、原発の爆発事故の影響を受けて、空から降ってきた放射性物質をいっぱいかぶっている。常備していた干しわらも、汚染されてしまった。避難に際して牛舎の鍵も掛けて出てきている。

そのうちにおじいちゃんや賢一は、避難してきた役所の出張所などで、牛飼い仲間と連絡がとれるようになった。そこで、国や県の役人が今まで牛乳を出していた家族同然の牛を、何と『放射性廃棄物』と呼んで、扱っているらしいことも聞いてきた。

集まりから帰ってきて部屋の中で、おじいちゃんとお父さんの賢一のひそひそ話が、たまたま横にいた智広にも聞こえるともなく聞こえてきた。

「賢一よ！　これはな、血気盛んな若い牛飼いたちの交わしてる話を、小耳にはさんだんだ」

「何ですか？　おじいちゃん」

「警戒の目をくぐって立ち入り禁止区域の中に入っているらしいぞ。勝手知ったる自分たちの故郷だからな」

「何しにですか」

「自分たちが家族同様に育ててきたベコたちのことを、放射性廃棄物と呼ぶのだったら、本物の放射性廃棄物になったらいいんだという気持ちらしいぞ。

　若い牛飼いたちが寄ると、そんな話でもちきりらしい。大きい声では言えないがな」

「………」

「どうだろう。わしも、牛舎の鍵を開け放って、ベコたちを野に放してやりたい。ベコたちは人間の手から離されたら野生に戻って、生きられるだけ生きるだろうよ。

　放射線がいっぱい降っている所で草を食(は)んでいたら病気にもなるだろう。でもそれもかわいそうだけど仕方のないことだ。もともとベコたちは人間に何も悪いことをしたんじゃないからな。狭い牛舎の中で、糞まみれで餓死(がし)していくよりも、人間たちが避難していなくなった『原発の野原』の中で、草を食んで生きられるだけ生きていった方が良いだろう」

　おじいちゃんは、本当にベコたちのことを愛している人間なら、この際そうするだろうと言った。その話を黙って聞いていた賢一は、おじいちゃんに言葉強く言った。

「おじいちゃん、親も嫁さんも子どももいる私には、警察沙汰になることなんかできませんよ……。

　夜中に立ち入り禁止区域の中に入って、それも何十キロも走って行くなんて。もちろん無人の道路ですから、スピードを出して行けるでしょうが……」

　おじいちゃんは、さびしそうに、小さな声で言った。

「賢一。わしはお前に夜陰にまぎれてベコたちに会いに行けと言ってるわけではないよ」

「ええ、でも、本当は、ぼくも考えていることは彼らと同じですよ」

「どういうことだ?」

　賢一もベコたちのことを考えると、おじいちゃんと同じように身を切られるようにつらい気持ちなのだ。

「最初からあそこら辺りが、立ち入り禁止になるのが分かっているのだったら、牛舎の扉の鍵をきっちり閉めてはこなかったですよ。ぼくだって、きっとそうしたかもしれません。だけど、こうも思うのです。肉牛でない乳牛は、食べた分で乳を作るんです。毎日搾ってやれないのなら、食べずに飲まずにいた方が……と。

ああっー……。あの子たちは今頃どうしているだろう」

「賢一よ。家の牛舎は立派なものではないからなあ。それに地震のあと、壊れた所は応急に修理したままで本格的に建て直しできてないんだよ。ベコたちが出て行こうと力を入れたらすぐに開いてしまうよ。エサが無くなって、外の草を食べに行きたい時に、彼らがどう動くかだ。家のベコたちの生きる力に期待するしかないよ」

そう言うと、おじいちゃんも何を思っているのか下を向いて黙ってしまった。

おじいちゃんが野で群れている牛が、人びとが避難したあとで増えてきた話を賢一にしたことは、側で耳をそばだてていた智広にもよく分かる気がした。

今まで、牛たちは人間に悪いことをしたんじゃない。子牛用の乳を人間に飲ませてくれていただけだ。

もし車を運転できるのならば、智広もこっそり牛舎の鍵を開けに行っただろうと思った。

『立入禁止区域』には、自分たちが元気な間に、たぶん帰ることができないだろう。それにコメも野菜も当分植えられないだろう。智広は、おじいちゃんとお父さんの気持ちが痛いほど分かる気がした。

ベコたちにどうしたらいいんだろう。どうすることが牛が望むことなのだろう。二人の気持ちがこんなふうに分かるなんて、智広はやはり自分も牛飼いの子なんだと思った。

次の日、お母さんは帰ってくるなり、おじいちゃんとお父さんを探していた。その後、部屋の隅で二人と真剣な表情で声をひそめて話し込んでいた。

智広も三人のうしろから、切れ切れに聞こえてくる話をもれ聞いた。正確ではないが、どうも次のような話だった。

原発爆発後、半径十キロ圏内には避難指示が出されていた。智広らの家があった浜北市よりずっと福島原発に近い小熊町は、全域に避難指示が出されていた。

「以前市民病院で同僚だった看護師から聞いた話だけどね。今日いわき市で出会ったの」

お母さんが話し出した。

「福島原発から四、五キロしか離れていない小熊町の三つ葉病院に入院していた大勢の患者さんが、この間にそれぞれの病状が悪化して亡くなったということですよ。

病院のすぐ近所の老人ホームに入所していたお年寄りたちも、避難するまで高い放射線を浴びている所に居続けたようです」

ちょうど勤め先から帰ってきた咲子おばさんも、おじいちゃんたちと話していたお母さんの話の輪に加わった。

「三つ葉病院の動けない入院患者さんたちの避難は、十四日午前十時三十分から、自衛隊(じえいたい)により行われたの。そして十時間後に、四十三キロ離れた県立高校に到着できたわ。それは、地震・原発の爆発後、ほぼ三日が経過してたらしいよ」

咲子おばさんは、一気に話した。

「三つ葉の入院患者さんや、老人ホームの入所者の避難は、普段からは具体的に考えられてなかったのね」

「そうねえ」

翌十五日から死去する患者が、死因は異なるが相次いだらしい。

「避難・移動のためにカテーテルを外されて、バスの中で長時間待たされたりして、強度の栄養失調になったかたや、脱水症状になった患者さんなど、症状はさまざまだけどね」

看護師のお母さんは、まざまざと患者の無念を思い、その重大さに触れた。そして最後にこの話はまだ非公式、未確認だと言って話は終わった。

この話のあとで、おじいちゃんがお父さんに言った。

「賢一。うちのベコたちの健康状態や安否も問題だけど、なぎささんと咲子の教えてくれた話も大きな問題だな。自分で自分の体を動かすことが不自由な人が、原発の近所で生活しているのだ」

「そうですねえ」

「今度のようなことがあった時には、多数の死者が出るのだ。こんな事故で多くの死者を出すようでは、病院や保育園、小・中学校などが存在する人間の社会と原発とは相容れないな」

「そう思いますねえ。人間だけではなくわが家のベコたちにとっても全く同じですよ。地震や津波という自然災害だけでなく、高い放射線を浴びさせられることが加わっているのですから。ベコは文句の一つも言いませんから、ベコの代わりに、ぼくらが言ってやらないとね」

「そうだなあ。ベコたちだって人間のために、人間の社会で平和に暮らしていたのだから」

「目に見えない危険な高い放射線を浴びさせられて、放置されているなんて……」

「そうだよなあ」

6．牛の糞と消えない原子の火

それにしても、ベコたちは『家畜』といわれるだけあって、本当に人間のために生きている。

智広は毎日学校の行き帰りに牛舎の中で《モウッー》と鳴いていたのを見るだけだったから、牛のことはよく分からない。けれども、いわき市に避難する車の中で、おじいちゃんが言ってたことが思い出された。

「ドイツなどの欧州の酪農国では、牛たちから出た汚物も発酵させて、そこからエネルギーを得ている……電気を起こしたり、お湯を沸かして、村人が簡単に使えるように……牛飼いは自分たちで後始末もしてるんだ」

牛の糞は循環（じゅんかん）して自然に還（かえ）っていってるということだ。

では、消えていない原子の火、発電後の使用済み核燃料から強烈な放射線を出し続けている核の火は、その後どうなるのだろうか？

誠二おじさんから核と放射線について、話を聞いた時から疑問に思っていたことが、このことだ。

次の日、智広は敏也を誘って、誠二おじさんにもう一度話を聞かせてもらうことにした。もちろん、おじいちゃんとお父さんもさそったけど、二人とも浜北市の元住んでいた住宅の説明会に出席しなければならなくて、聞けなかった。誠二おじさんが敏也、智広の二人を見ながら聞いた。

「今日の話は、使用済みの核廃棄物のことだったな」

智広が質問の追加説明をした。

「おじさん、ぼくおじいちゃんやお父さんたちが牛のウンコの始末をしているのをいつも見ているでしょう。

それに比べて、原発は発電後の使用済みの核燃料をプールの水の中に漬けているだけだと聞いたんです。使用済みの核燃料は、使う前以上に放射線を出しているんですね」

智広の質問を聞いていた、誠二おじさんは大きくうなずいて言った。

「そもそも原発ができた時、人びとはこれを『トイレの無いマンション』と言ったんだ。原発は核で電気を発電しているけれど、そのあとの核のゴミ（使用済み核燃料）が人間に処理できないことをみんなに皮肉られたんだな」

「原発は『トイレの無いマンション』だなんて、ズバリ言い得てるね」

智広は人びとは本質をつかんでいると思った。

「この核のゴミをどのように処理するのか。この点については、誰ひとりとして答えられないんだ、答えがないから。

『原子の火』は核の分裂を起こして、放出されるエネルギーを利用するという『特別の火』なんだ。だから、人間が好き勝手に水を掛けて消すなんてできないのだ。火が消えてない証拠は、放射線と熱を出し続けているのだ。あれは未利用のエネルギーが放射線と熱という形で出ているのだ。

核廃棄物は利用された後、十万年間は消えないで燃え続けるのだ。だから、十万年は放射線を出し続けているのだ。他方、人間の寿命（じゅみょう）は長くて百年だからね」

誠二おじさんはそう言ってから、お茶をひと口飲んだ。

「十万年というと、現生（げんせい）人類の祖先がアフリカに現れてから二十万年だから、その約半分の時間だ。それくらいの時間なんだ。そもそも時間の単位が違うなあ。

今回の福島の事故が起きるまで、国内に五十基以上の原発が動いてたんだ。

しかも、使用済みの核燃料は、それぞれの原発のプールの中で冷やしながら貯蔵しているのだ。使用済みのゴミの捨て場所も無いので、あと一、二年でどこのプールも満ぱいになってしまうのに、電力会社も国の役人も、これからも動かす予定なんだ」

智弘は聞いていて、原発関係者は使ったあとについては何も考えてないのだと思った。

「約十万年たたないと人間、動物には無害にならないのに。しかも、智広君が疑問をもつように核のゴミを捨てる場所も無いのに」

隣の敏也も一生懸命に聞いていた。

「そこで、使用済み核燃料は埋め立てるという案が出てきたんだ。最近は、地中三百メートルに埋めるというのだけれど、四つの大陸のプレートがぶつかり、押し合っている境目にある、この国は不動の大地がないからね。

埋めたあとに、プレートが移動したり、地震や火山活動のせいで、収納場所や容器が破壊されたり、地下水がしみだしてきたらどうするのか。地中三百メートルに埋めると言っても、日本中の使用済みの燃料を埋める場所なんてどこにあるのか」

「おじさん、電力会社や国の役人で原子力を進めている人たちは、何を考えているのだろうねえ。中学生が考えても分かることなのに」

智広は思わず強い言葉をだしながら、学校で習った、火山、地震の集中する日本列島が、四つのプレートの合わさるところに位置していることを思い出した。

「バイオエネルギーを実現し地震が少ない大陸国のドイツでも、今まで動かしてきた原発の大量の核廃棄物の最終処分場には困ってるのだ。こんなものを日常生活しているすぐ横に置いておくわけにもいかないしな。そんなことは誰でもいやだろう。後の世代の人が、うっかり掘り出したり接触したりしても困るからねえ。

ドイツは元々寒い国だから、十万年の間に、また国土が凍るようになれば、埋め立てた所が分からなくなるという大きな不安ももっている。仕方がないから、当面の方策として、岩塩を掘り出した地下抗の跡に廃棄してるのだ」

誠二おじさんは結論付けるように言った。

「こんな危ない核のゴミを産み出さなくても、電気はそれ以外の方法で得られるんだ。智広君が興味をもっているバイオを始めとしてな。欧州で多い風力発電とか。日本でも普及し始めた太陽光発電とかね。これらの発電方法だと後始末が要らないからね。

それに原子力発電は、地球温暖化の防止に役立つと宣伝されているんだけれど、暖かい排水を海に流して、生態系を壊すことになっているからね。

とにかく、核を使った発電をして、そのゴミの後始末に、千年も万年も時間が必要で、後の時代の人たちに負担をかけるなんて許せないよなあ。核のゴミで被ばくを受け続けさせたり、人びとにがんや白血病の恐れを持ち続けさせたりするのはやめるべきだな。簡単なことだ」

誠二おじさんの結論は、智広の疑念を振り払ってくれ、とにかく、原発を肯定する答えは全く出てこなかった。

智広は置き去りにしたベコたちに、

「ゴメンな！」

と心から言うことができるように、福島に住む自分もこの問題から目をそらさないでいようと思った。

いわき市の街路樹の桜は、原発の爆発など無かったように、ふっくらとつぼみをふくらませていた。

第3部

野を駆ける牛と人間たち

1. 戻れない故郷

智広たち山田さんちの七人全員は、いわき市の咲子おばさんの家に避難して、やっと落ち着くことができた。

「おじいちゃん、おばあちゃん。これからは私たちと一緒に住みましょうよ」

「そうですよ、お義父さん。ぼくらと一緒に住んでくださったらいいんですよ」

咲子おばさんは、二人に熱心に話して、誠二おじさんも賛成して勧めた。

けれども、おじいちゃんは、

「誠二君や咲子たちに、これ以上迷惑はかけられない。避難先にしてもらっただけで、心から感謝している。仮設(かせつ)住宅が完成するまでは、引き続きお世話になるけども」

と言って断った。

山田さんたちは避難する前は浜北市で七人全員が住んでいたのに、家族を二つに分けないと住むことができなくなった。七人全員が住める大きな家なんてどこにもないからだ。

おじいちゃんとおばあちゃんの二人は、前の家に比べたらとても狭くて不便ではあるが、仮設住宅が完成しだいそこに住むことになった。

「近いから、孫五人と何時でも会える。それだけでも今の俺たちには幸せなことだ」

「そうよ。おじいさんの言う通りよ。これからのことは、私たちが自分でできるわ。咲子、誠二さん、本当にありがとう」

そして智広たちは、運よく空いていた県営住宅に入居することができた。ここも狭いけれども、おじいちゃんたちの仮設住宅よりは、うんと便利に作られていた。

おじいちゃんたちの仮設住宅と智広たちの県営住宅と咲子おばさんの家の位置は、ちょうど三角の形になった。

いわき市は原発から避難した人でいっぱいだ。原発の後始末の工事の人もここには多くいて、ごった返していた。

いわき市に避難してきてから、何日かがたとうとしていた。智広たちの故郷は『立入禁止区域』になり、家はきちんと建っているのに、もう戻れない故郷になった。

山田さんの子どもたちは、全員いわき市の小学校、中学校に転校することになった。

四月の晴れた日、避難生活を仕方なくさせられた哲雄とあかねは、現在ひろみちゃんが在学する小学校に転校した。

一日目はお母さんが付き添ってくれたが、二日目の今日は、ひろみちゃんが寄り道をして連れて登校してくれた。

智広も新しい中学校に転校したが、浜北市の中学の智広のクラスメートだった美佳は、いまだに所在（しょざい）が分からない。もちろん、新しく転校した中学校のクラスには美佳はいなかった。智広は、せめてどこの県に引っ越ししたかくらいは分かってもいいのにと思った。

美佳は津波の時、自分と同じように裏山へ避難したはずだ。でも、どうなってるのだろう。美佳の家族も、原発の放射線を含んだ塵が降り注ぐ地域になっていたから、どこかに避難しているに違いない。

新しい学校で休憩時間になると、この授業の合間には、美佳とは何でもしゃべっていたのになあと思うだけで、それができない現在が悔しくて情けなかった。どうしたら、居所をつかめるかを考えたけれども、具体的な良い方法が見つからないままだった。

美佳はブラスバンド部に入ってフルートを吹いていたから、もし続けていたら、県の大会があれば出場するだろうから、その時に行けば会えるかもしれない。

また、浜北の中学校で進路調査があった時に、美佳は看護学部を設置している大学のことを話していた。だから、そんな大学に進学するのかもしれない。

県内にもそんな学校はあるから、遠くへは行かないだろうと、智広は勝手に思った。

智広の転入した学校は、敏也が今年卒業した中学校でもあった。

「智広君、クラブは何クラブに入ったの？」

「ぼくは、前の中学の時のテニス部はやめて、理科クラブに入ったよ。少し考えたいことがあるから」

「智広君も中学の理科クラブに入ったのか！　ぼくも高校の理科クラブに入ったよ。同じクラブだね」

「理科クラブに入ったのはね、誠二おじさんの影響が大きいんだよ」

「どういうこと？」

「避難してきた時から、誠二おじさんには、分からないことをいろいろとやさしく教えてもらうことができた」

智広は自分の決意を示した。

「ぼくは、今回教えてもらった原発のことも、何も知らなかったなあと思ってるんだ。それに牛飼いのおじいちゃんが避難の途中で話してくれた再生エネルギーのことも」

「智広君もか。ぼくも話してもらったことを真剣に考えると、将来やろうと思うことが自然に決まってきそうな気がするんだ」

故郷は近くにあるのに一度も戻ることができないでいる。あの家には、皆がすぐに帰ってこられると思ったので、四季の衣類や道具などを置いたままだ。それに子どもたちの本や生活用品も全部そのままだ。智広が学校に行くのに使っていた、キコキコ音が鳴る自転車もあの日のまま、玄関先に残されているはずだ。

立ち入り禁止区域では、ベコたちをこのままにしておいても市場に出せないので、役所が『安楽死』させることを勧めてきて、それに応じた人たちもたくさんいたらしい。他方、

「何も悪いことはしていないあの子たちに安楽死なんてできない」

と、一時立ち入り可能な地域では、今でも自分で毎日お金を出して飼料を買ってやっている人もいるらしい。

避難している地域から、遠くなった牧場まで、飼料を手に入れて、はるばる運んでくる人もいる。ベコが本当に好きなのだ。

安楽死という美名の『殺処分』を、役所から勧められた人の中には、いろいろな人がいた。

「今後、生業として生き物を飼うことは、金輪際しない」

「あの子らが自分でやったことのために、こんなことになったのとは違うんだから」

と、涙を流しながら、牛たちとの別れを惜しんでいる人もいた。

智広はそういう場合を見ていると、人は決断を迫られる時、さまざまに思い悩むものだなあと思った。区域内に住んでいた人びとは、全く予想もしていない事態に出合ったので、何が正解であるかは、それぞれの置かれた状況によるだろう。

智広もおじいちゃんやお父さんの賢一には、家の牛たちのことについては何も聞かなかった。二人とも、責任をもった答えは言えないだろうと思ったからだ。

2. 避難したあとのそれぞれの生活

智広のおじいちゃんは避難のあと、毎日の生活や仮設住宅のことなど必要なあれこれの手続きを済ませると、一時は虚脱状態のようになったらしい。

夜寝る時も、壁が薄いので隣の家のテレビの音がよく聞こえて熟睡できないらしい。朝は暗いうちから目が覚めてベコたちの所へ行こうと上着を着て、声をかけられる。

「おじいさん。朝早くからどこへ行くんですか？」

「どこへって……俺は」

「もう、ベコたちには会えないのですよ」

「ああっ、そうだったな、おばあさん。わしらは避難していたんだなあ」

「そうですよ」

それを聞くと、おじいちゃんは急に悲しくなってくるのだ。

「あの子ら食べるものちゃんと食べて、お腹減ってないかな？　病気もせずに野に出て元気に生きてくれているかなあ」

おじいちゃんの心の中では、殺処分をまぬがれた家の牛たちも野に出て、自由に走りまわっているようだ。

「おじいちゃん、新しい状況に適応（てきおう）しないとだめだよ。ベコたちも牛舎から出て、野に出ているだろう。それに、もうおじいちゃんの顔も覚えてないかも知れないよ」

智広はわざと強い言葉で、おじいちゃんにハッパをかけるつもりで言った。弱気になってクシュンとしたおじいちゃんを見るのは嫌だった。

「智広にそう言われると、そうだなあと思うけど。そんなに簡単にあの子らを忘れることはできないぞ。長い付き合いだもの」

と言い、おじいちゃんは黙ってしまった。

「でもおじいちゃんが、ベコたちのことでメソメソしてたら、ぼくらも悲しくなるから。ねえ敏也君」

「うん。新しい生活を見つけていかなくちゃあ。おじいちゃんらしくないもの」

おじいちゃん自身には戦争の記憶はない。けれども、敗戦直後に生まれ育った人が持っている、雑草魂とでも言う根性を持っている人だった。

だから、おじいちゃんは戦後の物資の乏しかった生活に似ている、避難生活からの立ち直りは素早かった。とにかく、何でも体を動かして働くことが第一だと、簡単な賃仕事から始め出した。

「一日中、狭い部屋の中にいると、どうしても残してきた牛のことを思い、他にやれることがあったのではと後悔してしまうのだ」

似た者同士のおばあちゃんも、おじいちゃんと元気にやっている。

でも、朝ご飯食べていると前のように、

「あかねも哲ちゃんも、さっさと食べないと学校に遅れる……」

と言いかけるが、二人の孫がいないのに気づいて、おばあちゃんもさびしいと言ってた。

咲子おばさんも避難後は一緒に住むように勧めていたくらいだから、仮設住宅から賃仕事に出かけるおじいちゃんと留守番をしているおばあちゃんのことは、何時も気にしていた。

だから、誰かの誕生日とか、何かを理由にして、みんなで集まって食事会をしたり、おじいちゃんやおばあちゃんを励ます機会を増やしていた。

「ああ、もしもし。おばあちゃん。今度の土曜日は、敏也の誕生日だからね。みんなでお祝いの食事会をするから来てね」

「ああ、そうかい。ぜひ二人で行かしてもらうよ。おじいちゃんも喜ぶよ」

二人ともそんな時には喜んで、咲子おばさんの家へ駆けつけた。そして、同じように招待された智広、哲雄やあかね、それと敏也やひろみら五人の孫に囲まれて、ひさしぶりのニコニコ顔でひとときを過ごしていた。もちろん、お父さんの賢一やお母さんのなぎさも招待された。

「仮設住宅に住んでいる人もいろいろだなあ。原発からの放射線を避けて、孫や子どもが遠くの府県に移住してしまって、なかなか会えない人が多くいるんだ。親子三代の人たちが一軒の家に住んできて、なんていうかそれぞれが役割を持って生活していたのになあ。それが急に壊されたんだから、言葉通りの家族崩壊だなあ」

「そうねえ」

咲子おばさんも相槌を打っていた。

「それに比べればわしらは幸せなものだ。五人の孫に会おうと思えば、すぐにでも会えるんだからなあ」

「本当よねえ。あんなことがあったけれど、私らはまだ幸せだよ」

おじいちゃんとおばあちゃんは、孫たちに会ってしゃべりながら一緒に食べられるのを、今の一番の生きる楽しみにしていた。誰に言われるまでもなく二人とも、置かれた状況に合わせるしか仕方がなかったのだ。


県南部のいわき市は、新しく原発の放射線から避難してきた人、電力会社の普及(ふきゅう)工事の労働者など、大勢の人が住んでいた。だから、いわき市の市民病院も人手不足でてんてこ舞いだった。人手の足りない市民病院は、看護師さんの臨時の増員を考えていたので、なぎさはすぐに勤めが可能になった。

もちろん、この市民病院には義姉で先輩でもある野田咲子おばさんが前から勤めていたので、その推挙も影響があったらしい。

新しい病院に勤め始めても、なぎさは浜北病院から避難する途中で起きた、津波にまきこまれた犠牲者のことや、底冷えのする体育館で必要な治療を受けられず、無念の死を遂げた患者のことが、いつも頭にあった。

低体温症で座ったまま息をしていなかった患者さんの最後の顔が浮かぶ。自分には命を助ける方法が他にあったのではなかろうかと考えてしまう。原発の爆発がなければ、永らえた命だったことは間違いない。

これは、本当に避けられないことだったのだろうか。納得がいかないなぎさは、どこに責任があるのだろうかと、考え続けていた。


智広の目から見ても、一番気の毒に思えるのは、お父さんの賢一のことだった。若い時に県の農業大学校へ進んで、農業や酪農のことを勉強してきた。その人から酪農の道を、原発の爆発は無理やりに取り上げた。

賢一自身、夜も昼も真剣に考えていた。もう一度、牛飼いをするか、どうか。そのためには、ある程度の広さの土地が必要である。

しかし、それを入手するための方法はあるのか？　この問題は、賢一が一人で考えるだけでどうなるということではなかった。当然おじいちゃんの意見も聞き相談しなければならなかった。

賢一は、農業大学校の同窓生で同じような状況の元牛飼いの人たちはどうしようとしているかも考えたらしい。

仕事が決まらないので、毎日出かけて行ってそういう人たちに会っていた。多くの同窓生は、残念なことだが牛飼いをやめて、別の道に行かざるを得なかった。

「お父さん。牛飼いの道はもう続けられないの？」

「う――ん。牛飼いには、最低牛舎と牧草栽培地が必要だからなあ……」

「うん。そうだね」

「今までの浜北市の土地は、多量の放射線の降下で、たぶんこれからも牛を飼うためには使えないだろう」

「牛のための土地がなかったら、酪農業はできないものねえ」

「そうなんだよ」

賢一も長い間考えに考えた末、そしておじいちゃんとも相談した結果、牛飼いの道をやめることにした。

その代わり、避難せざるを得なかった仲間たちと一緒になって、新しい仕事をするためにチームを作ることになった。けれどもこの仕事は、牛飼いと全く縁のない仕事ではなかった。誠二おじさんの話してくれたことや、智広が原発の爆発以来、おじいちゃんと再三話していたことと関係のある仕事であった。

それは畜産家から出てくる多くの牛の糞尿（ふんにょう）を主として、山林の伐採（ばっさい）後から得られる材木くずなどを原材料にして、再生エネルギー（電力）を作る仕事であった。

「お父さん、新しくやろうとしている仕事は、これからの方向を向いているね。ただ単に、酪農家の牛の糞尿の後始末をしてあげるということだけではないね」

「智広君もそう思うかい」

「何と言ったらいいか、その土地に合った、新しいエネルギーを作りだそうという仕事だよ。素晴らしいね」

「ありがとう、智広君。そう言ってくれてうれしいよ。でもなあ、ぼくらがやろうとすることは素晴らしいのだけど、お金もたくさん必要なのだよ」

「そうか。お金ねえ……」

「この仕事には、たくさんのお金がいるし、そのために多くの同じ考えの仲間も必要なんだ。でも、一緒にやろうと集まってくる人たちは、『もう、原発だけは絶対に要らない。エネルギーは自分たちで作りだそう』ということを固く思っている人たちばかりだよ」

智広は、父の決意が何よりもうれしかった。

「お父さん、素晴らしい仕事だねえ。ぼく最近こんなうれしいことはないよ」

心の中に湧いてくるうれしい気持ちを、智広は正直に伝えた。

賢一は大学校で勉強したドイツの先進的な例を忘れてはいなかった。彼は牛飼いを続けることのできる人、また新しく牛飼いを始めたいと考える人たちのバックアップをすることを、自分たちの仕事と総合してやろうと決意していたのだ。

あのおじいちゃんの息子なのだから、しかも智広のお父さんなのだから、避難ぐらいのことでへこたれてほしくなかった。だから、智広は賢一の再出発を自分自身のことのように誇らしく思った。この気持ちを誰かに話したくて仕方がなかった。

今、かつての同級生の美佳が側にいれば、彼女に聞いてもらって、一緒に喜んでもらえるのになあと心から思った。

賢一たちは、モデル事業として何万頭という数を聞いただけで驚くような、多くの牛の糞尿を集めている岩手県葛巻町という所に研修に行くことになった。そこでは、糞尿をタンクに溜めてから発酵させてメタンガスを得て、発電することを主たる仕事としている。原料として農家から出る牛の糞尿の始末をキチンとやって、新しい廃棄物を作らず、その地方で使えるエネルギーを供給する地産地消型の循環的エネルギーの生産である。

そこはいわき市からかなり遠い。賢一とその仲間たちは、ここで初歩から実地に勉強するために、泊まり込みで一か月ほどかけて研修に行くことになった。

智広は賢一が再出発のために、少しでも安心して研修に行けるように、自分がしっかりして、お母さんと二人の小さい弟妹の面倒を見なければならないと思った。

3. 高校の理科クラブ　新しい活動

智広たちが、いわき市へ避難してきてまる一年以上が過ぎようとしていた。智広は敏也と同じいわき高校の新一年生になった。

桜がちらほら咲き出しているこの学校も、智広と同じように、福島県のあちこちから避難してきた新入生が大勢いそうだった。

入学式のあった講堂から、ぞろぞろと新入生が教室へ戻る時だ。

「あっ、美佳！」

智広は思わず声を上げた。うしろ姿が美佳にそっくりだ。

避難以来会えなかった、思い続けただけの美佳がそこにいる。智広は、はやる心をおさえて、新入生の間を駆け抜けて、うしろから声をかけた。

「美佳！」

振り向いたその子は、美佳とは全然違うおとなしそうな子だった。

「ごめん、人間違いだった」


中学校でやっていたテニスをやめた智広は、敏也君に連れられて、いわき高校の理科クラブの部室へ行った。男女を問わず信頼できそうな生徒たちが何人もいた。

彼らは福島のいわき高校理科クラブ員として、強い問題意識を持っているように見えた。

部長はキリッとした賢そうな女子生徒で三年生の片村千明と自己紹介した。

智広は自己紹介する中で、浜北市から避難してきたこと。今は今回の地震、津波、原発の爆発、それに新しいエネルギーについて、漠然と考えているとと話した。そのことをいとこの野田敏也君と一緒に、もっと詳しく勉強していくつもりだと言った。

クラブでの活動として学校の図書館の文献だけでなく、新聞・雑誌・その他を、できる限り再調査したいと部長に話した。

敏也君の話によると、新部長はすごくキレル人らしい。きちんと考えていないと、スキをついてこられて、タジタジになってしまうということだった。

以前に、誠二おじさんに話してもらった時、智広も敏也も、歴史的な大きな出来事は、詳しく書き残す習慣が大切だと言われた。

そこで、おじさんを見習って、最初に何がどういうふうに起きたかを、あとで見ても分かるように、各々の大きなノートにていねいに日記ふうに書くことにした。具体的に、地震、津波、原発の爆発を、日にちを追って見ていくことにした。

■理科クラブでのノート作成

——三月十一日（金）のこと　◎地震当日——

・地震と津波のこと‥
『午後二時四十六分。福島の東側の海中で、震度7、マグニチュード9の地震が起こった。国土地理院の衛星写真の測量によると、福島の大地は東の太平洋側の震源地の方へ二・二メートル移動し、海岸べりでは六十センチ沈下した。
午後三時三十六分、最大波十メートルを超す津波となった。』

……………

続いて智広は、最初に、自分たちが避難の当事者になった、原発の爆発について書いてある記事をまとめてみた。

・なぜ福島原発は爆発したのか‥
『第一に予想されるのは、あの大地震により、原子炉の中の配管類が壊れ、冷却水が漏れ、炉の中を冷やせなくなったことだろう。

しかも福島原発は、作られて何年も経過している。あの大地震によってすべての配管類が安全であったと言えない。』

……………


ここまで新聞から写していたら、片村部長が後方からのぞき込んで言った。

「山田君、いきなり、大きな問題にとりくむのねえ」

「いずれにしても、この問題は避けてとおれませんからね。最初に真っ向から対処することがいいと思って」

と、敏也君の方を見ながら答えると、片村さんは智広の鼻息に押されたように、

「ふん、ふん。がんばってね」

と言いながら他の机の方へ行った。

・二つの避難指示：
『午後八時五十分。地震の約五時間後に、原発一号機の半径三キロの住民約千五百人に、避難指示が出た。

続いて、午後九時二十分頃、原発の半径十キロ内の住民に、屋内避難指示が出た……。』

『今回、一番予想されるのは原子炉の中の配管類に支障があって冷却水が漏れ、炉の中を冷やせなくなったことだろう。

配管類は一基当たりの長さ、総延長約一〇〇キロになるといわれ、多くの継ぎ目があるといわれている……。』

…………………

記事にある二つの避難指示は、炉の中で何か危険なことがあったから出たものだと、智広たちにも推察できた。原発が配管工業といわれるはずだ。しかも誰も直接原子炉の中に入って、確認できていない。だから、他のことで判断していくしかない。

この国の役人や電力会社の人たちは、地震・津波の直後に、原子炉内で予想される危機的な状況を察知していたと思われる。だから、住民にそんな指示を出したのだろう。

• 原発の耐用年数：

続いて智広は、日本の原発は耐用年数がきはじめていること（古くなってきていること）を、象徴する出来事を書き記した。

『二〇〇四年福井県の「美浜三号機」が炉の中の配管が破断して、十気圧の水蒸気が漏れ出て、五人死亡、六人重傷、多数のけが人が出たという大事故があった。

制作当時の配管は、一センチの厚さだったのに、常に、高温・高圧の水や水蒸気の流れによって、侵食・腐食して、管は〇・四ミリの厚さまで薄くなっていた。』


……………


次の日、震災当日の出来事や原発が古くなっていることを書いていると、敏也君がやってきた。

「あのね。データを写していて、ぼくは根本的なところで疑問があるんだけど」

「なんだい？」

「福島原発ではどうして最初から、津波に襲われても大丈夫なだけの高さを確保しておかなかったのだろう？　ここらは昔から津波の多かったところなのに」

二人の横の机で話を立ち聞きしていた片村部長が二人の話に入ってきた。

「山田君はそのことについてどう思うの？」

「ぼくは……分からないのです。だから、敏也先輩に聞いていたのです」

片村部長が、敏也への疑問を自分への質問のように話し出した。

「この福島原発はね、第二次大戦時の陸軍航空隊訓練用の飛行場があった台地だったのよ。崖の高さは海面から約三、四十メートルの高さがあったの」

「海面からそれだけの高さがあったら、今度のような大津波が来ても、大丈夫だったんじゃないのですか」

「それだけの高さがあったらねえ……」

智広は、あれっ！　少しおかしいなあと思って片村部長にたずねた。

「でも、津波が福島原発を襲った時のビデオを見ると、四つの原子炉とも、津波の波をもろにかぶっていますよ」

「そこなのよ山田君。いい。

電力会社は発電所を建設する時に、四十メートルの崖を、海面から十メートルの高さまで削ったのよ」

敏也君も初めて知ったように言った。

「へえ！　本当ですか？　部長！

この辺は、昔から大きな津波のあるところだから、大地を削るなんてバカなことをしないで、もっと高い所に発電所を造るべきだったんじゃないですか」

片村部長は、敏也君を無視するように黙ったままだった。

「片村さん。せっかく、津波の届かない高さがあるのに、どうして先のことも考えないで大地を削ってしまったのですか？」

「なぜか分かる？　山田智広君」

「う――ん、どうしてかな？」

智広は、部長の質問の意味が分からないので頭をかかえた。

「一般的な原子炉では、一秒間に七十トンの海水を冷却用に送り込む必要があるの。定期点検で停止している時でも、原子炉の冷却用に必要な海水が、毎秒一～二トンは必要なのよ」

「ものすごい大量の水が要るんですね」

敏也と智広は同時に、片村部長に感想を述べた。その返事を聞きながら片村部長は、続けて言った。

「あなた方も自分で調べてね」

智広も敏也も、片村部長がよく勉強していることに舌を巻いた。

「だから、原発が海面に比べて、低い所にあれば、冷却用に海水を汲み上げる費用が少なくて済むでしょう」

「そうか、電力会社は水の汲み上げ費用を考えてるんだ！」

敏也が声を張り上げるように言った。

「そうか。原発で生産する電気のコストを低くするために、せっかくあった高さの台地を削ったのだ」

智広も大きな声を出した。

「この電力会社の損だ得だという計算が、結果的には原子炉を建設した時から、今回の大事故に影響してますね。それにしても、片村部長は、よく調べていますね」

「こういう会社は、人びとの命の安全に係わるのだから、コスト第一ではなくて、人間の命のことを第一にしないとね」

片村部長の調査能力に、敏也と智広は脱帽せざるを得なかった。

「私は、あなた方が持っていない、パソコンも使っているからね。情報をあちこちから集められるのよ。

それに私の前の前の理科クラブの部長は、ボーイフレンドで頭のいい先輩よ。今東京の大学なの。休みにはいつも帰省して来るのよ」

そう言ってから、二人の方へウインクした。

智広と敏也は、顔を見合わせた。敏也はもう高校二年なのに、特定の女の子の友だちがいないことを、部長に指摘されているようでなんだか悔しかった。

——三月十二日（土）のこと　◎地震翌日——

・午後三時三十六分。原発一号機が『水素爆発』を起こす……

『この爆発は、その早さから地震によって配管のひび割れか何かで冷却水がなくなったと推察できる。その結果、原子炉の燃料棒の被覆管（ひふくかん）が高温になって水素を出して、溜まった水素が爆発をしたと考えられる。』

……………

「敏也君、今回の人類史上初の原子炉のメルトダウンは、やはりあの大地震による配管のひび割れ、つなぎ目からの水漏れ、その他専門家が推測するように一号炉の水の喪失（そうしつ）と合致するね」

「智広君。原子炉の中では、通常の運転でも、臨界状態になって圧力と温度が高くなると冷やす必要があるからね。

それと、炉の中では燃料棒は三メートルの深さの水の中に入れるのだ。でないと大量の放射線が放出され、人間が被ばくするのだよ」

「そうなのか。敏也君」

「だから、炉の中から蒸気発生器などに結ぶ配管などに地震動によるひび割れなどが起きて補充がない状態が続くと、普通は十時間で冷却水はなくなるんだよ」

「原発というのは、全く水に依存したものだな。山の中に建設した原発はないものねえ。全部海岸か、大河のへりに建設する理由が分かる気がするよ」

「この一号機の爆発は、ぼくもネットで見たんだ。青い海を背景にして、白い煙状のものが立ち上がっていたよ。アナウンサーがこれは、世界で初めて原発が爆発したところを写した歴史的な映像ですと言ってたよ」

「この国にとっては不名誉な話だね、敏也君」


――三月十三日（日）のこと　◎地震から三日目――

・夕方、一号機に続き、三号機の『高圧注水系』が不能になる‥
・三号機は、プルトニウムという材料も混ぜていた。これは、世界の各国が危険すぎると実用化を止めた『高速増殖炉』用の燃料だ‥

…………

「『高圧注水系』が不能になるということは、自動的に冷温停止状態になることが、不可能になっているということらしいね。敏也君」

「この三号機は前から、危険だと言われていたらしい」

「なぜなの?」

智広は分からないのでたずねた。また、その会話を聞いていた片村部長が、二人の会話の中に入ってきた。

「山田君。この炉では、原料のウランにプルトニウムが混ぜられていたらしいのよ。プルトニウムを扱うことは、世界中の国が危険だからそれから手を引いていたのよ。扱い方を間違えると、ボーンと爆発するらしいからね。プルトニウムの危険性については、山田君も調べたらいいよ」

智広はうなずきながら答えた。

「分かりました。ぼくも調べます。でもそんな危ないことをしてまで、コストを下げる必要があるのかなあ」

「プルトニウムを使用するということは、コスト面の問題だけではないの。

国内の原発の稼働が進み、核廃棄物が増えるとプルトニウムの存在も増えるでしょう」

「そうですね」

「プルトニウムは水素爆弾の材料であるから、第二次大戦で核の被ばく国だったのにプルトニウムを大量に持っていると、わが国に対する世界の目が厳しくなるのよ。だから、その存在量を減らすことも目的にしているのよ。このことは世界の政治的・軍事的なこともからんでいるらしいけど、私たちには、むずかしすぎるところがあるわよね」

「ふーん。片村さん、国や電力会社は、ぼくらが知らないところで、恐ろしいことをやっていたんですね」

「そうよ。本当はむずかしいと言ってられないことだね。だから、そんなことを高校生の私たちも、知っていることが大切だわ」

「本当だよ。受験もあるし高校生も忙しいよ。ねえ、智広君」


——三月十四日（月）のこと　◎地震・津波から四日目——

・午前十一時一分。三号機が赤い炎と黒い煙を同時に出し爆発した。黒い煙は地上千メートルの高さまで上がった：

……………

「敏也君。この時の爆発は、地震の後片付けの時、ぼくはおじいちゃんやお父さんと一緒に、家の庭から目撃したよ」

「智広君。ネットではね、即発臨界というのは、一度にではなくゆっくりと原爆が爆発したのと同じだといってるよ。ぼくが見たネットの動画では、本当に戦争映画のようだった」

――三月十五日（火）のこと　◎地震・津波から五日目――

・二号機からも六時十分白煙が上がる。水素爆発により、原子炉容器は破損したと思われる（不明な点が残存）‥

……………

これで、一、二、三号機とも全部炉心溶融（ようゆう）となる。

四号機は定期検査のため、不稼働だった。しかし、四号炉の上階のプールには、使用済みの燃料棒、千本以上が水に漬けられていた。

《使用済み》といえども、以前に比べものすごい放射線を出している。電力会社は、多くの燃料棒が、四基の中で最も心配だったのだ。だから、プールに水があるかどうか、この水が抜けてしまうと福島の全発電所の《再臨界事故》という恐ろしい事態が起きる可能性も案じられた。

次に二人がやろうと思っていることは、あまり新聞や雑誌も書いてないこと。それは何らかの理由で書こうとしないからか、書くことに何らかの支障があって、書けないのかを考えていくことである。

そのことは、おじいちゃんがこの前の誕生日の食事会の時に、大きな声で誠二おじさんに言ってたことと関係する。

•『想定外の事故』という言い逃れ…

「誠二君。わしはこの頃、無性に腹が立つんだ。この前、電力会社の社長が国会で証言していたな。今回は、『想定外の津波が原発事故の主因であります』と答弁していたぞ。この事故が『想定外の自然現象による事故』なら、電力会社の責任は免責(めんせき)されますと言ってることだ」

「そうですねえ」

「想定外の事故ならば、人間は誰も責任を取れません。会社も賠償(ばいしょう)できませんと言ってることだぞ。自分たちが会社を作って、そこから何十年も利益を上げてきたのになあ」

「お義父さん。『想定外』と言ってるのは、会社の視野が狭くて、そんなことは考えてなかったと言ってるだけですよ。

その視野の狭さは、利益をあげることに専念することからきていますがね」

「わしもそう思う。なんでも想定外の事故だったといえば、今回の事故からは何も教訓は得られないことになると思うんだ」

「全くそうですねえ。

世界一の基準で安全に造られています。五重の安全装置がありますと言ってた会社が、三基の爆発事故に遭ったら、われわれの想定外の津波事故による災難ですといって、済ますんですからね。お義父さん」

「でもなあ、本質はここだよ。『想定外の津波』のせいですと言うだけで、その津波をもたらした地震そのものが、原発に対してもたらした影響に全く触れないのは、どういうつもりなのかね。

世界に有数のこの地震列島で、地震に触れないのはどういうことだ。地震の影響を丹念に調べていたら、福島だけの問題ではなく、全国、全原発を再調査する必要があるんじゃないか。

わしには、会社は考えたくないこと、触れてほしくないことには、何にでも『想定外』というレッテルを張っていると思えるが」

「本当ですね。原発の事故の原因を、津波のためだけにして、地震の影響について触れないのは、片手落ちですよね。この国は、世界一の地震国ですからね。原発の下を活断層が走っているとか、地震に関係するものは、とくに念を入れて調べないとねえ」

「そうだなあ。この問題は、頭の古い指導者たちに任せるのではなくて、敏也や智広らの若い世代にじっくりと考えてもらうしかないのかなあ。

若い子らが、新しい科学的な視野で、物事に対処していくことは、再発を防ぐことになるからな」

「そうですよ、お義父さん。敏也も智広君も、今は高校の理科クラブで、新しい事実解明にがんばってますよ」

4. 地震から津波までの五十分間

地震と津波、原発の爆発の各概略を記録したノートは完成した。この間に、ノートに書き上げた出来事が間違っていないかどうか、理科クラブの顧問の先生にも見てもらった。次の二人のノート作りの作業は、原発の爆発から、おじいちゃんが言ってた『想定外』に関することに移った。

智広は、自分たちの避難の原因になった原発の爆発、それと無関係ではないと考えられる地震のことにテーマを移そうと考えて敏也君にそのことを伝えた。

「智広君。ぼくもおじいちゃんの意見を聞いた時に、同じことを考えたんだ。たしかに、来襲した津波の犠牲者は膨大(ぼうだい)だった。でもそのことばかりにみんなの関心が向いていると、地震が何をもたらしたか分からなくなるよ」

「敏也君。地震が起きてから、津波の襲来するまでの五十分を、ぼくは個人的にも無視できないんだ。

ぼくのお母さんが、浜北病院に健診に来ていたお年寄りたちと命がけで避難していた時間だったからね」

「なぎさおばさんが、避難してきた日に話してくれていたね。あれは聞いているだけで大変だったと思うよ」

「お母さんたちが避難している時に、お年寄りが、一人でも倒れたり、遅れたりしたら、お母さんも津波の犠牲になっていたかもしれない。

希望が丘の頂上にたどり着いた時には、津波は沖の方に姿を見せていたから、一刻一秒の問題だった。だから、この間の時間は、ぼくにはうやむやにすることはできないんだ」

「なぎさおばさんの話を聞いたことを思い出すと、智広君がそういうふうに考えることは理解できるよ」

「だからぼくは、地震の発生からていねいに見ていこうと思うんだ」

「なるほど、それは大事だよ」

『夜の森線第二七号』鉄塔の倒壊

電力会社は、緊急時に原子炉で機器冷却系が働くため、外からの電源として用意していたのが、夜の森線であった。しかし『夜の森線第二七号』の鉄塔が倒壊したので、外部電源は喪失した。

　この鉄塔の倒壊場所は、津波とは無関係の発電所の敷地の山側で、以前から活断層があるといわれていた場所だ。

　しかも明らかに津波の襲来より、三十分ほどさかのぼる時間に起きた、地震による鉄塔倒壊だった。これによって、発電所内の受電設備には多くの損傷があった。

「敏也君。津波が来る前に、すでに発電所に非常電源をもたらす外部電源が、ダウンしていたんだ。おじいちゃんが言うように、津波より前に、最初の地震の一撃によって外部電源を喪失したなんて会社は言ってないね」

「そうだよ、智広君。電力会社は今回の大事故は想定外の津波が主たる原因だと言ってる。ぼくはね、『夜の森線第二七号』の鉄塔が大地の上に倒れているカラー写真をネットで見た時には、ものが言えないくらいのショックを受けたよ」

　そう言って敏也君はプリントしてきた、非常時の外部電源の『夜の森線第二七号』線の写真を見せてくれた。

　一目その写真を見た時、智広は奇妙なことに何億年前まで、この地球上でわが物顔で生きていたとされる恐竜のことを思い出した。

『ジュラシック・パーク』という映画に描かれた恐竜たちは野原を超えて仲間たちと生活していた。

智広の印象では、この国の送電線の鉄塔は、町の中でも、マンションの横でも、自分よりもはるかに大きく背の高い恐竜のようなイメージだった。家々の屋根を越え、町を越え、森や山を越えて、平原の中を突っ切っていた。それは、目的地の方へ仲間と行進したり遊んだりしているように見えた。

それなのに、倒壊して横たわっている夜の森の鉄塔は、智広の印象や日常生活の中などで見かけるものと全く違っていた。

「敏也君。これは……。これが福島原発の非常電源の『夜の森線の鉄塔』か？

これは襲いかかってくる敵に対して、迎え撃つように構えているあの無敵の恐竜の頑健なイメージの鉄塔ではないね。……

これは、……この倒壊した鉄塔は、すでに敵の一撃をくらって、大地の上に倒されて伏してしまっている姿を思い出させるねえ」

「智広君。この写真のように地震があるたびに、送電線が簡単に倒れて、停電になっていたらどうなるかだ。

それも原発が緊急時用に、外部電源として用意している電源の鉄塔がだよ。地震列島と言われる、ぼくらの国でね」

「敏也君。こんな思いがけない単純なことで福島原発がダウンしたなんて。これはおじいちゃんでなくても、誰でもそう思うよ」

何時ものように、片村部長が話に加わってきた。

「野田君。私たちの国は阪神大震災の時のように、高速道路の橋脚（きょうきゃく）がずらっと並んで倒れてしまうような、巨大な地震がたびたび起こる国だからね」

「そうですよ、片村さん。今回の原子炉の爆発事故は想定外の大津波によるものだと、電力会社の人は言い続けてきているんですよ。

それなのに、地震のせいで発電所の山側の断層の上の鉄塔が倒れて、全電源喪失しただなんて。こんな驚くべき事実を言ってませんよ。もし、そうだとしても、言えないですよ。

地震でどうしたという問題は、全国のどこの原発でも共通する問題ですからね。津波の来る可能性のないところでも地震の問題はありますよ」

「地震に対して備えがなければ、最初からだめだよね、この国では」

「あのね、事故から十か月経過した頃の新聞記事によるとね、山田君。

大学の砂防工学を専門にする先生が言ってるの。外部電源の引き込み線の『夜の森線の鉄塔』の倒壊は、活断層があるのに、谷工事の整備のため盛土して、それが地震による液状化によって崩壊して起こったってね。

それが、福島原発の全電源喪失（ブラックアウト）をもたらしたと、言ってるわよ」

「それは、冷静に事態を見ている人の見解ですよね。片村さん」

「この写真をネットで見た時に、ぼくは驚いてすぐにお父さんに知らせたんですよ。そしたら、お父さんはもう知っていましたよ」

「そうでしょうねえ。緊急の時に外から電気を送る鉄塔が簡単に倒れてたら、あとは予備に備えてあるディーゼル発電しか電気は得られないものね」

片村部長はそう言った。それから、智広に話しかけてきた。

「ところがね、山田君。このディーゼル発電機は、津波が来た時に最初に水をかぶるタービン建屋（たてや）の地下に設置してあったのよ。外国ではそんな所じゃなくて、防水された上階に備え付けているのにね」

「部長。これじゃあ、どんなに安全策を講じて原子炉を建設したと言っても……。緊急時に全電源喪失では何にもなりませんよ」

「その通りよ。この国の法律では電力会社は緊急時のために外部電源を備え、バッテリーを備えることが義務付けられているのにね。

この国の列島そのものが、地震の巣のような所に位置しているんだからね、敏也君。それにしても、緊急時用の外部電源の鉄塔が、地震で簡単に倒れるようではねえ。これはみんなが知らなければならない重大な事実だよ」

片村部長は、自分の関心のあることを言うと、別の机の方に行った。

5. めぐり逢い

敏也と智広が通学している高校の秋の文化祭のテーマは、『災害を乗り越えて若者よ、一緒に考えて進もう』に決まった。

二人の所属している理科クラブも、出展することになった。敏也と智広は、二人で作ったノートに沿って、発表の骨子(こっし)を考えた。

いよいよ文化祭・体育祭の日がやって来た。

中学校までの智広は、校内大会ではテニス部で出場していた。しかし高校ではテニス部を辞めたので、理科クラブの出展だけになった。

いわき市に住んでいる高校生たちも、自分の家族や親類などまわりに地震か津波、原発かの、いずれかの関係者を持っていた。

自分たちも当事者である原発の爆発、そこに至った東北沖大地震、大津波と福島原発との関係について、できるだけ客観的に調べ伝えることに努力した。

敏也と智広の二人は、彼らのおじいちゃんが教えてくれたように、原発の爆発を電力会社が言うように『想定外の大津波による事故』というように単純には考えなかった。

津波が被害を与えたことは、誰が考えても非常に大きい。福島の浜側、宮城県の石巻（いしのまき）、仙台（せんだい）、亘理（わたり）と犠牲者も被害も膨大だ。

しかし、原発の爆発の前の地震がもたらした影響を、高校生が考えても理解できるように報告することにした。

その点については、理科クラブの片村部長も、明快に敏也と智広に賛同してくれた。

他の展示も見に行こうと言う片村部長や敏也の誘いを断って、智広は理科クラブの展示責任者の椅子にボッーと座っていた。

窓からは、校舎の間を通り抜けた秋らしい爽やかな風が吹き込んでいた。一瞬辺りの静けさを破って、どこからとも分からないが、多くの生徒たちの笑い声が聞こえていた。

運動場からは、体育部の各試合が行われており、応援している声が響いてきている。

その時、智広は浜北の中学校の教室にいるような錯覚に陥った。


隣の席に美佳がいて、ほがらかに智広の弁当をのぞき込んでいる。

「智広君、今日のお弁当は、から揚げ?」

「うん、大好物だもん」

「実は私も、ほら！　あれ！」

「拾え、拾え。三秒以内ならいいから拾え」

「そんなこと……」

「アッ、ぼくも落としてしまった……」

しかし、智広は落ち着いて拾ってから、フーフーと吹いてすぐに、口の中へ放り込んでしまった。

「落としたのを食べたら、汚いでしょう」

「赤ん坊でもないのに、大丈夫だよ。この教室の中にいるバイキングぐらい、中学生ならへっちゃらだよ。

気持ちが悪いんなら、外側の衣だけむいて食べたら？　作ってくれたお母さんや、にわとりにも申し訳ないだろう？」

美佳は、ふたの上に拾ってのせていたから揚げの衣をとって、口の中に入れ噛みしめていた。

「おいしかったわ。捨てたらもったいないところだったわ」


二人がひとさわぎしたお弁当の時間が智広の脳裏によみがえった。

理科クラブの展示室に貼ってある紙が、風に吹かれてパタパタという静かな音をたてるのが智広を現実に戻した。

どうして今いる所が、故郷の浜北市でないんだろう。あんな原発の事故があったなんて、考えられないのどかさである。

智広の故郷の福島は、もともと緑の多い地方だった。その緑の木々や牧場が、秋には思い思いに輝くように色付いていた。

　智広は、静かな展示教室の中で再び思いにふけった。

　あの地震が起きた時に、「津波が来るぞ」という声にせき立てられ、裏山に避難した時から、断ち切られた自分の大切な中学校生活。美佳という級友のいた中学生活。

　いわき市に来てから、このことは何度思い返したことだろう。しかしそのたびに、智広にはすっきりしない思いも残る。

　それは日が経つに連れて、思い出の中の登場人物が、ぼやけてくることだ。それもどうしたことか、思い返すたびに、ぼやける度合い（どあ）が進むような気がする。

　毎朝のバス停で、

「美佳、おはよう」

「智広君、おはようさん」

と挨拶を交わしていたクラスメートの美佳の思い出の映像はあの日のままだ。でも、その姿の映像は明らかにぼやけてきてるのだ。

　美佳の姿はどんなふうだったのだろう。あのから揚げ騒動の時の表情すら具体的にはっきり見えないのだ。

智広には、美佳のことをだんだんと思い出せなくなってくる焦り（あせ）とともに、美佳のことを忘れてしまいそうな空恐ろしさも感じた。人間の記憶なんてものはこんなふうにあっさりと薄れていくものだろうか。あの地震の日、その放射線からの避難の日に、こんなことになるとは思いもしなかった。

お互いに言葉も交わさないまま別れて来てしまって、あれから一年以上がたった。美佳に会いたいという思いだけは、心の底にズキンとする痛みで沈んでいた。

智広の中学三年生になった姿を、美佳には見てもらってない。もちろん、美佳の三年生に進級した姿も全く見ることができていない。新しい高校の制服を着た姿も、智広も美佳もお互いに目にしていない。そんな姿を、お互いに知らないまま年月だけが無情に過ぎていったのだ。

美佳はこの広い空のどこかで、きっと放射線から避難して、家族と一緒に生活しているのだろう。美佳の家族はみんな元気でいるのだろうか？

そういえば、智広は美佳がこれまでどんな家族に囲まれて、どんな人生を過ごしてきたのかは、話に聞いて知るだけであった。こんな具合に別れ別れになってしまうのだったら、もっと知っておくべきだった。

その時、思いを打ち破るように、朝から何組目かの二人連れの女子高生が静かに辺りをうかがうように入ってきた。

「あっ……」

「ああっ……」

「…智広君！」

「……美佳！……」

二人は同時に声をかけ合っていた。二人連れの女の子の一人の方が声を出し、智広も驚いて叫んでいた。

「美佳だ！　美佳だ！」

智広は、頭の中ではぼんやりとしかけていた実物の美佳に、忘れてたまるかとばかりに話しかけた。

「美佳。内山美佳だ。ぼく浜北の中学校の……。君のことを忘れてなんかいないよ。……何をしていた時だって。忘れてないぞ！」

智広は、自分の胸の高鳴りに負けないような大きな声で叫んでいた。

それは新しい高校の制服を着た内山美佳の姿だった。中学の時より背も少し伸びて、前で結ばれているリボンのネクタイの制服がぴったりと似合っていた。この間、智広が幾度となく夢見てきたのに、直接会うことのできなかった美佳その人であった。

すっと伸びた柔らかにカールした黒い髪と、眉の下の瞳は、昔と同じように強く輝いていた。

「……あなた……どうしてたの？」

美佳はそれだけ言ったきりだ。そして大きく目を見開いて、口を大きく開けたまま声も出さずに、連れの女の子の手をぐっと握ったままであった。しばらくしてやっと、声を振りしぼって、その子に言った。

「この人、浜北中学校の同級生だった山田智広君。……私、あなたにいつも言ってたでしょう。あれから、会えてないのと……」

「美佳がいつも言ってた人ね……」

「今、どこにいるのか分からないって！　……いつも言ってたでしょう。どこにいるのか分からないって。それなのに……、ちょうど、一年半ぶりになるわ……。こんな近くで会えるなんて、……」

と言うなり、両方の手で目と口をおおってしまった。

同級生のさやかの肩に、もたれかけるようにして嗚咽していた。

「………………」

さやかは美佳の肩をそっと抱きとめていた。

その時、他の展示を見てきた理科クラブの片村部長と敏也が、鼻歌を口ずさみながら教室に帰ってきた。

「山田君、他の展示もよかったよ」

「智広君、ただいま！　どこもそれなりに面白かったよ。どれもがんばっていたよ」

片村部長と敏也は自分たちの展示を見に来ている、二人連れの女子高生と智広のようすを怪訝（けげん）そうに見ながらたずねた。

「君たち、いわき西高の生徒だね？　今日はわざわざ、ぼくらの展示を見に来てくれたんだね？」

美佳と一緒の女子高生のさやかが、

「見ようと思って見に来たのではなかったの。たまたま通りがかりだったの」

片村部長も敏也も驚いたような顔つきでさやかの言葉を聞いていた。

「でも、美佳と智広君の、二人がいつかは必ず会うんだという強い意志が、たぶんこの偶然をもたらしたのかもしれないわね」

静かに話しながら、さやかは美佳を改めて抱きかかえた。

「学校の帰りに本屋に行こうとこちらの道を通ってたの」

その真面目に説明しようとするさやかの態度に、敏也は好感をもって聞いていた。

「すると文化祭の看板が見えてね。寄ってみようと入ったの。そしたら……」

智広は、二人が話すことを聞きながら自問していた。

(そうか、市役所の係員が避難してくださいと言ってたあとで、美佳たちも南に向かっていわき市まできていたのだ……。ぼくらが渋滞の中を、ノロノロと進んでいた時も、おじいちゃんにドイツの再生エネルギーの先進的な例の話を聞いていた時も、同じように渋滞の中を走っていたんだ。

ぼくは自分でもっと探すべきだったなあ。美佳はすぐ隣の高校に進学していたのに)

智広は、歯がゆいばかりの自分の消極的な性格を、悔やんだ。しばらくして、美佳が落ち着きを取り戻すとたずねた。

「君も南の方に避難して来ていたんだね?」

美佳はこれまでのことを、思い出すのも苦しいようだった。

「でも、初めからではなかったの。急きょ南のいわき市の方へ来ることになったのは、お母さんの妹が結婚して住んでいたから……。だけど、最初の一年半は、いわき市も転入してきた人でいっぱいで、住む所もなかなか決まらず、引っ越しの連続だったの。新しく西高に入った頃から、やっと落ち着いてきて、今のところに住んでいるの」

智広は、中学校でフルートを吹いていた美佳を思い浮かべながら、たずねた。

「美佳！　フルートはどうしてるの？　今も吹いているんだろ？」

「フルートは今でも大好きだけど、編入学した中学校では、吹奏楽部どころではなかったから。それに私、なぜか以前と同じ気持ちでフルートに向き合えないのよ」

美佳は、フルートは人の声だと言ってた。もしかしたら、今、現実の人の声にいっぱい耳を傾けているのかもしれない。

智広は美佳と会えたのは、本当の偶然だと思えた。しかし、二人の会いたい気持ちが強かったことが、それをあと押ししてくれたように思えた。智広はそのことに心から感謝した。

6．ベコたちに謝れるように

再会のあと、智広と美佳は週末には図書館で、弁当持参で勉強することにした。午前と午後の各々の勉強の合間の弁当の時間は、二人の語らいの時間にした。もちろん時間厳守である。

「智広君、ベコたちはどうしたの？」

「ベコたち？……」

「原発から避難したあと、市役所が何か言ってきたでしょう？……」

「おじいちゃんもお父さんも、ベコたちのことについては、はっきりと答えられないのじゃないかな。ぼくも、あえて聞かないんだけど……」

「どういうこと？」

「いわき市の敏也君の家に避難してしばらくたった時、市役所から『牛は放射線廃棄物になったから殺処分したら』と言ってきたけど、二人とも返事はしてないのと違うかな」

「どうして？」

「この福島地方でどれだけの牛が飼われていたと思う?」

「たくさんのベコたちがいたと思うわ。あの辺は牧場が多かったから」

「そのうち、どれだけの牛が処分されてしまったのだろう。人間の勝手な行動でね」

美佳はうなずきながら答えた。

「そうね……、すごい数だと思うわ」

「ぼくの思うところでは、二人とも市役所の言い方は、電力会社と同じで、あまりにも身勝手すぎると思ったんじゃないかな」

美佳も、智広に賛同するように答えた。

「つい先日まで牛乳を出してくれてた牛を、安易に『牛は放射性廃棄物』だと言ったり、殺処分と言ったりするのもねえ。

毎日世話をしていた人のことを考えていないわね。生き物も命だという見方じゃなくて、物だと見てるのね」

「うん。おじいちゃんはね、単にベコを飼っていた飼い主としてではなく、人間として福島のベコたちに謝ることが必要だと思っているんだ」

美佳はどういうことかという顔をした。

「おじいちゃんは、ずっと気になって、このままでは牛飼いとして生きた生活が何だったのかと悔しいんだ。牛だってそうだよ。このままじゃ牛としての役が、果たせないんじゃないかな。牛として生まれてきた命を全うできないんだからね」

智広は、おじいちゃんの心の内を代弁した。

「牛を廃棄物といって、軍の機密とか、企業の機密とかと同じように、人びとの目からそらすことばかりしていると、そういう人は頭の中から、大切な点が抜け落ちてしまうんだ」

「むずかしいわ……何が抜けるんだろう？」

「人間も基本的に生き物だということだよ。そして食物連鎖という考え方だよ。人間は何を食べて生きているのか。

人間は、海で取った魚を食べ、牛の乳を飲み、生きているんだ。

もし、海に原発の汚染水を流してしまえば、魚はその水の中で泳ぎ、その水を飲んで大きくなるのだ。どんなにそれが汚染度の低い水でもね。

人間は、やはり生物なんだよ。だから、そのことは、全人類の死、あるいは全生物の死につながるのだけれどもね」

「そうか、人間は生物そのものだということね」

「そうだよ、ぼくが思うに、おじいちゃんは牛を廃棄物と言ったそのことが許せないから、動きだしたと思うんだ。

あのね、おじいちゃんは村で一緒だった田中さんが親戚(しんせき)の人と始めた牧場に行ってるんだよ」

智広は一番聞いてほしい美佳に、うれしいニュースを話した。

「それとね、原発事故のすぐ前、二〇一〇年生まれの福島牛が福島市の研究所で大事に飼われているんだって。

あっさり消されていった福島牛を絶やしたくないんだ。優れた和牛の遺伝子を持つその子牛は、牛飼いたちの希望なんだ」

「ふーん。それは本当に希望ね、そう思うわ」

「父さんは研修で不在だけど、時々、研修の成果を話してくれている。

それとね、文化祭を見にきた母さんも言ってるんだ。原発事故がなければ亡くならずにすんだ人がみすみす亡くなったのは、一体どこに責任があるのかを追及したいとね。

それは母さんだけじゃなく、大勢の医療関係者の願いなんだ」

美佳は、賛同するように大きく瞳を向けた。

「母さんも諦めてはいないんだ。原発事故は想定外ではない。必要な対策を取らなかった責任をとってほしい。すぐそこにある原発の中で、終わりのない危ない後始末が今も続いているって」

「智広君。私たちもベコたちに謝ってから、できることをしたいわね」

美佳は強く輝く瞳を智広に向けて言った。

「そのことは福島に生まれて、今も福島にとどまっている私たちの役割だと思うわ。福島で放射線を不必要に浴びせられた、すべての生き物に代わってね」

「そうだね」

智広は、思わず強くうなずいた。

二人とも来年四月からは、高校二年生である。秋の終わりが近づいて、日が短くなってきた。智広は美佳に、寒くなってもこの図書館勉強法を続けることを提案し、美佳に受け入れられた。通う学校の異なる二人にとっては、少なくなった語らいを取り戻せる最善の勉強とデートの両立方法である。その中でも、弁当のおかずの交換ごっこは大切な楽しみだ。

智広たちは、図書館で勉強している敏也とさやかの楽しそうな二人を、時々、見かけた。

誰かが側にいたら、不安は取り除かれる。苦しいことは忘れていった方がずっと楽なのだけど、この福島の高校生の自分たちは忘れるわけにはいかない。

何も怖いものがなかった以前には戻れないけど、智広も敏也も、美佳やさやかと一緒に歩き出していた。

早く勉強を終えて家路を急いだ智広は、先に美佳を送ってから自宅へと急いだ。頭上を、山のねぐらに帰るカラスたちが集まって、

カアー　カアー

カアー　カアー

と騒いでいる。

智広にはカラスの鳴き声のうしろに、牛舎に残した牛たちの草を食む声も聞こえたような気がした。

モオーッ

モオ――

いわき市の街路樹も次の暖かい春の再生をめざして、固いつぼみの中に新しい生命の息吹を用意し始めているようであった。

今頃、誰も一歩も足を踏み入れられない、浜北市の樹々も春の準備をしているのだろうか。

なお、文中以下の本より直接引用しました。
・吉井英勝『科学と人間シリーズ14　国会の警告無視で福島原発事故』東洋書店
・市川章人他著『1から分かる原発問題』京都民報社

あとがき

経済学の教員として、四十年近く学生と一緒に勉強してきた。しかし、二〇一一年三月十一日の福島の大事故が勃発するまで、『原発』について、彼らに真正面から話すことはなかった。地球の環境問題に触れることや、チェルノヴイリの大惨事に言及することはあった。しかし、四つのプレートの真上に位置する地震国が、五十基ちかい原発を稼働していることの是非について、真剣に考えることは無かった。そのことは自分の、視野が狭く、学生の将来まで見通したものではなかったといえる。

ことの是非について、いま真剣に考えることが緊急に必要であると考える。そのことが私と一緒に経済学を勉強してくれた学生達、その子ども達や孫達に対する私の責任でもあると考えた。

その無念の思いが、今からでも遅くない、もっと若い人にも伝えたいと、「退職の会」をしてくれた同僚に、「今後、児童文学をやりたい」という言葉になったと思う。
しぶる妻と共に、日本児童文学学校の門を叩いて十年。その歩みは遅々たるものだ。

一色悦子先生は、その講師の一人で御指導を受けた。第三十八期の文学学校の修了後、何人かが集まって、『一色会』を作って、年に何回かの会合をもった。主に新宿の喫茶店を中心に合評会は続けられ、我々も熱心に参加したことは言うまでもない。
退職の間際に脳出血を、続いて脳梗塞を患って、東京まで参加するのが体力的に無理になってきて、回数を減らしていった。

この頃、関西で合評会活動を行っておられた今関信子先生御指導の『ごんたくれ』を紹介された。今関先生には、二〇一三年の初参加以来、お世話になりっぱなしである。（お二人は、後に知ったことだが、故古田足日氏門下の自称『三、人娘』達であった。）

守山市で行われる会は、体力的には参加が容易になった。しかし私の作品は、自分が書きたいものには及ばず、先生の合格点をもらえるものにはならなかった。その過程で、三度目の病に見舞われ、ことは時間とのたたかいになった。

今回の出版は、準備万端整ったものではない。丁寧に編集してくださった、かもがわ出版の鶴岡淑子さんにも心からのお礼を申します。

酒井りょう

二〇二〇年九月

著者プロフィール

酒井　りょう（さかい　りょう）

1940年生まれ
1977年　神戸大学経済学研究科博士課程修了
1979年　名古屋学院　経済学部就職
1990年　学位取得
　　　　退職まで、学部長、理事と学内行政に携わる
2009年　退職　同大学名誉教授
現在　児童文学サークル「ごんたくれ」、「風のクレヨン」所属

3.11後の福島
牛飼い農家の山田さんち

2020年10月31日　第1刷発行

著　者　©酒井りょう
発行人　竹村正治
発行所　株式会社 かもがわ出版
〒602-8119 京都市上京区出水通堀川西入亀屋町321
TEL 075(432)2868　FAX 075(432)2869
ホームページ http://www.kamogawa.co.jp

印刷／シナノ書籍印刷株式会社

ISBN978-4-7803-1119-8 C8093